独

汪曾祺

中国青年出版社

独
÷
酌

目 ÷ 录

006 ······ 序一《泡在酒里的老头》
013 ······ 序二《我们的爸》

醺 ÷ 游

酡 ÷ 意

018 ······ 北京的秋花

023 ······ 紫薇

027 ······ 泰山片石

038 ······ 淡淡秋光

044 ······ 冬天

048 ······ 礼拜天的早晨

053 ······ 初识楠溪江

063 ······ 沽源

068 ······ 沙岭子

075 ······ 四川杂忆

090 ······ 旅途杂记

094 ······ 皖南一到

102 ······ 初访福建

114 ······ 烧煳了洗脸水

117 ······ 果蔬秋浓

121 ······ 张郎且莫笑郭郎

123 ······ 无意义诗

125 ······ 才子赵树理

129 ······ 林斤澜，哈哈哈哈

133 ······ 炸弹和冰糖莲子

135 ······ 金岳霖先生

141 ······ 猴王的罗曼史

143 ······ 多此一举

145 ······ 苏三、宋士杰和穆桂英

醉 + 眼

150 ⋯⋯⋯ 名实篇

154 ⋯⋯⋯ 熬鹰·逮獾子

156 ⋯⋯⋯ 鸟

161 ⋯⋯⋯ 大等喊

166 ⋯⋯⋯ 泼水节印象

171 ⋯⋯⋯ 字的灾难

174 ⋯⋯⋯ 我看废名

179 ⋯⋯⋯ 美国短简

187 ⋯⋯⋯ 酒瓶诗画

188 ⋯⋯⋯ 我的"解放"

198 ⋯⋯⋯ 公共汽车

204 ⋯⋯⋯ 生机

208 ⋯⋯⋯ 玉渊潭的传说

酣·唱

214 ······ 宋士杰——一个独特的典型

223 ······ 马·张·赵

231 ······ 听溜鸟人谈戏

237 ······ 美学感情的需要

245 ······ 我和《晚饭花集》

250 ······ 谈风格

257 ······ 水母

263 ······ 与戏曲结缘

泡在酒里的老头

汪明（汪曾祺长女）

妈妈高兴的时候，管爸叫"酒仙"，不高兴的时候，又变成了"酒鬼"。做酒仙时，散淡洒脱，诗也溢彩，文也隽永，书也飘逸，画也传神；当酒鬼时，口吐狂言，歪倒醉卧，毫无风度。仙也好，鬼也罢，他这一辈子，说是在酒里"泡"过来的，真是不算夸张。据爸说，他在十来岁时已经在他父亲的纵容下，能够颇有规模地饮酒。打那时起，一发不可收拾，酒差不多成了他的命根子。很难想象，若有三天五日见不到酒，他的日子该如何打发。

最初对"爸与酒"的印象大约是在我三四岁的时候，那也算是一种"启蒙"吧。说来奇怪，那么小的孩子能记住什么？却偏把这件事深深地印在脑子里了。

保姆在厨房里热火朝天地炒菜，还没开饭。爸端了一碟油炸花生米，一只满到边沿的玻璃杯自管自地先上了桌。我费力地爬上凳子，跪在那儿直盯盯地看着他，吃几个豆，抿一口酒，嘎巴嘎巴，吱拉吱拉……我拼命地咽口水。爸笑起来，把我抱到腿上，极有耐心地

6

夹了几粒花生米喂给我。用筷子指指杯子："想不想尝尝世界上最香的东西？"我傻乎乎地点头。爸用筷子头在酒杯里沾了，送到我的嘴里——又辣又呛，嘴里就像要烧起来一样！我被辣得没有办法，只好号啕起来。妈闻声赶来，又急又气："汪曾祺！你自己已经是个酒鬼，不要再害我的孩子！"

五岁的时候，我再次领略了酒的厉害。那一年，爸被"补"成了"右派"，而我们对这一变故浑然不知。爸约了一个朋友来家喝酒。在昏暗的灯光下（也许只是当时的感觉），两人都阴沉着脸，说的话很少，喝的酒却很多。我正长在不知好歹的年龄里，自然省不下"人来疯"，抓起一把鸡毛掸子混耍一气……就在刹那间，对孩子一向百依百顺的爸忽然像火山一样地爆发起来！他一把拎住我，狠狠地掀翻在床上，劈手夺过毛掸，没头没脑地一顿狂抽。我在极度的惊恐中看到了他被激怒的脸上那双通红的眼睛，闻到了既熟悉又陌生的浓烈的酒气。一个五岁的孩子，只能有一个反应，就是咧开大嘴痛哭一场，赖声赖气地哭得自己头都昏了……后来我总是提醒爸爸：你打过我！他对这惟一的"暴力事件"后悔不已，说早知道你会记一辈子，当时我无论如何都会忍一忍。

我对爸说，我不记恨你，我只是忘不掉。

爸结束了"右派"生涯，从沙岭子回到北京时，我们家住在国会街。他用很短的时间熟悉了周围的环境，离家最近的一家小酒铺成了他闭着眼睛都找得到的地方。酒铺就在宣武门教堂的门前。窄而长的一间旧平房，又阴暗，又潮湿。一进门的右手是柜台。柜台靠窗的地方摆了几只酒坛，坛上贴着红纸条，标出每两酒的价钱：八分，一毛，一毛三，一毛七……酒坛的盖子包着红布，显得古朴。柜台上排列着几盘酒菜，盐煮花生、拍黄瓜。门的左手是四五张粗陋的木桌，散散落落的酒客：有附近的居民，也有拉板车路过的，没有什么"体面"的人。

爸许愿给我买好吃的，拉我一起去酒铺。（妈说，哪儿有女孩子去那种地方的？）跨过门槛，他就融进去了，老张老李地一通招呼。我蹲在地上，用酒铺的门一个一个地轧核桃吃。已经轧了一大堆核桃皮了，爸还在喝着，聊着，天南地北，云山雾罩。催了好几次，一动都不动。终于打算离开，可是他已经站立不稳了。拉着爸走出酒铺时，听见身后传来老王口齿不清的声音："我——告诉你们，人家老汪，不是凡人！大编剧！天才！"回头看了一眼，一屋子人都醉眼惺忪的，没有人把老王的话当真（老王后来死了，听说是喝酒喝死的）。回家的路上，爸在马路中间深一脚浅一脚地打晃，扶都扶不住，害得一辆汽车急刹车，司机探出头来大骂"酒鬼"，爸目光迷朦地朝司机笑。我觉得很丢人。回到家里，他倒头便睡，我可怜巴巴地趴在痰盂上哇哇地呕吐，吐出的全是嚼烂了的核桃仁！

"文革"初期，爸加入了"黑帮"的行列，有一段时间，被扣了工资——对"牛鬼蛇神"来说，这种事情似乎应在情理之中。于是，家里的财政状况略显吃紧。妈很有大将风度，让我这个当时只有十三四岁的孩子管家。每月发了工资，交给我一百块钱（在当时是一大笔钱了），要求是，最合理地安排好柴米油盐等家庭日常开销。精打细算以后，我决定每天发给爸一块钱。爸毫无意见，高兴地说："这一块钱可以买不少东西呢！"他屈指算着：五毛二买一包香烟，三毛四打二两白酒，剩一毛来钱，吃俩芝麻火烧！"中午别喝酒了，"我好言相劝，"又要挨斗，又要干活儿，吃得好一点。"爸很精明地讨价还价："中午可以不喝，晚上的酒你可得管！"

一天早晨已经发给爸一块钱，他还磨磨蹭蹭地不走。转了一圈，语气中带着讨好："妞儿，今儿多给几毛行吗？""干嘛？""昨儿中午多喝了二两酒，钱不够，跟人借了。"我一下子火了起来："一个黑帮，还跟人借钱喝酒？谁肯借给你！"爸嘀咕："小楼上一起的。"（小楼是京剧团关"黑帮"的地方）我不容商量地拒绝了他。被我一吼，爸短了一口气，捏着一块钱，讪讪地出了门。

晚饭后，酒足饭饱的爸和以往一样，又拿我寻开心：

胖子胖，

打麻将。

该人钱，

不还账。

气得胖子直尿炕！

我也不甘示弱，不紧不慢地说："胖子倒没欠账，可是有人借钱嘁喝酒，赖账不还，是谁谁知道！"爸被我回击得只剩了膘眉奢眼的份儿了。第二天，爸一回家，就主动汇报："借的钱还了！"我替他总结："不喝酒，可以省不少钱吧？"他脸上泛着红光，不无得意地说："喝酒了。""？""没吃饭！"

我刚从东北回北京的那段日子，整天和爸一起呆在家里。他写剧本，不坐班；我待业。一到下午三点来钟，爸就既主动又迫切地拉着我一起去甘家口商场买菜。我知道，买菜是他的责任，也是他的借口，他真正的盼头在4点钟开门的森隆饭庄。出门前，爸总要检查一下他的小酒瓶带了没有。买了菜，马上拐进森隆。饭庄刚开门，只有我们两个顾客。爸给我要一杯啤酒，他自己买二两白酒，不慌不忙地嘬着。喝完了，掏出小酒瓶，再打二两，晚饭时喝。我威胁他："你这样喝，我要告诉妈！"爸双手抱拳，以韵白道："有劳大姐多多地包涵了！"有次他自己买菜，回来倒空了菜筐，也没找到那只小酒瓶。一个晚上，他都有点失落。第二天我陪他去森隆，远远看见那瓶子被高高摆在货架顶上。爸快步上前，甚至有些激动："同志！"他朝上面指指："那是我的！"服务员是个小姑娘，忍了半天才憋住笑："知道是您的！昨天喝糊涂了吧？我打了酒一回头，您都没影儿了！"

爸的喝酒一向受到妈妈的严格管制，后来连孙女们都主动做监管员。汪朗的女儿和我女儿小的时候，如果窥到爷爷私下喝酒，就高声向大人告发，搞得爸防不胜防，狼狈不堪。一次老头儿在做菜时"偷"喝厨房的料酒，又被孩子们撞到，孙女刚喊"奶奶"——老头儿连忙用手势央求。她们命令爷爷弯下腰，张开嘴，俩孩子踮着脚尖嗅来嗅去，孩子们对黄酒的气味陌生，老头儿躲过一顿痛斥。

多年以后的一个星期天，我们回家看爸爸妈妈。爸缩在床上，大汗淋漓，眼里泛出黄黄的颜色。问他怎么了？他痛苦不堪地指指肚子，我们以为是肝区。哎，喝了那么多年的酒，真的喝出病来了。送爸去医院前，妈非常严肃地问："今后能不能不再喝酒？"爸萎作一团，咬着牙，不肯直接回答。

费了九牛二虎之力，好歹把爸弄到诊室的床上，医生到处摸过叩过，又看了一大摞化验单，确诊为"胆囊炎急性发作"。大家都松了一口气。我蹲下为爸穿鞋，顺便问大夫："今后在烟酒上有什么限制？"话音未落，很明显地感到爸的脚紧张地僵了一下。大夫边填处方，边漫不经心地说："这个病与烟酒无关。"

"嘻嘻……"爸马上捂着嘴窃笑，简直像是捡了个大便宜。刚刚还挤满了痛苦皱纹的那张脸，一瞬间绽出了一朵灿烂的花儿，一双还没有褪去黄疸的眼睛里闪烁着失而复得的喜悦！刚进家门，爸像一条虾米似的捂着仍在作痛的胆，朗声宣布："我还可以喝酒！"

然而，科学就是科学，像爸这样经年累月地泡在酒里，铁打的肝也受不了。在他晚年时，他的酒精性肝炎发展为肝硬变。医生明确地指出问题的严重性。爸在他视为生命的写作和酒之间进行了折衷的处理：只饮葡萄酒，不再喝白酒。在一段时间里，他表面上坚持得还算好。（当然免不了小动作）

一九九七年四月底，爸应邀去四川参加"五粮液笔会"。临行前，我们再三警告他：不准喝白酒。爸让我们放心，说他懂得其中的利害。笔会后爸回到北京，发现小腿浮肿，没过几天，五月十一日夜里，爸因肝硬变造成的食道静脉曲张破裂而大量吐血。这次他真的知道了利害。在医生面前，他像一个诚实的孩子，"在四川，我喝了白酒，"爸费力地抬起插着输液管的手，用拇指和食指比划着："这样大的杯子，一共6杯。"

爸的喝酒一直是我们全家的热门话题。无论谁怎样努力，都没有办法把他与酒分开。和爸共同生活的四十多年里，我们都明白，酒几乎是他那闪光的灵感的催化剂。酒香融散在文思泉涌中。记得有一次和爸一起看电视，谈到生态平衡的问题。爸说："如果让我戒了酒，就是破坏了我的生态平衡。那样活得再长，有什么意思！"也许，爸爸注定了要一生以酒为伴。酒使他聪明，使他快活，使他的生命色彩斑斓。这在他，是幸福的。

我们的爸

汪朝（汪曾祺之女）

爸好酒而贪杯。

由于遭到全家反对，他从不像有些人那样夸大酒量，而是尽量往少里说。喝了两顿总报一顿，喝了四两只说二两。这样，我们永远无法估算他这一生究竟喝了多少酒。爸喝了酒以后，有时两眼炯炯地说一些狂妄的大话，更多的时候会去画画、写字，这时候写的字、画的画如得神助般地精彩。他成了"名人"后，常有人给他送酒。好酒都待客，他舍不得一个人喝。他还是常去买普通的酒。有一阵他答应不瞎买酒喝了——太便宜的酒于身体不利——妈到副食店买东西，售货员说，这是找您的钱。妈奇怪：弄错了吧？"没错，老头儿上午来买酒，没零钱找！"——又露馅了！一次衡水老白干酒厂的一个经理送了两箱酒，请他给写幅字，他的酒喝多了，写漏了字，我们指出来，他又加错了地方。客人在隔壁等着，我们在这边又是好笑，又是着急，毫无办法。

爸喝酒不但喜欢自己喝，还喜欢劝人喝，来了脾气相投的朋友，是他兴致最高的时候，这时候，他总要避开妈的监视，在定量以外偷偷地多倒几次，被发现了，还一再声明："半杯！半杯！"有时晚饭已经吃过了，汪朗的同学来了，爸也主动地拿来酒杯，力劝人家"喝一点"，还去弄个小酒菜。他自己不喝，看别人喝酒好像也很满足。

爸喝酒来者不拒，不很挑剔。喝得最多的是白酒。他一生比较坎坷，恐怕喝得更多一些的是质量不高的白酒。其次喜欢黄酒、花雕、加饭酒都行，等而下之，厨房里的料酒也喝几口，最好温一下。对于在酒里加颗话梅这类的时尚，他不以为然，很纳闷地说："这是怎么个喝法？"上世纪八十年代末期，洋酒涌入中国。香港、台湾的朋友来看爸，常投其所好带瓶洋酒，爸也很喜欢。不过平时舍不得喝，只有逢年过节家人聚齐了，或是来了朋友才开一瓶。

爸去爱荷华参加国际写作计划，一次晚上熟睡时，房间里来了小偷，不但偷了钱、物，连电视机都抱走了。事后到了聂华苓家，大家庆幸说，幸好爸睡得熟，万一醒了太危险了。我们分析，他一定又喝多了，否则不会毫无觉察。到了美国，脱离了家里的监管，他肯定会大过其洋酒瘾。

中外文化出版公司曾出过一套丛书，其中谈吃的叫《知味集》，爸编的；谈酒的叫《解忧集》，是吴祖光先生编的。我当时很奇怪，为什么没有人约爸写一篇关于酒的文章呢？爸过世后，我们整理他的文稿，才发现，他这个"酒徒"居然从未写过一篇专门谈酒的文章，很让人奇怪。这个疑点恐怕只有留待日后研究了。

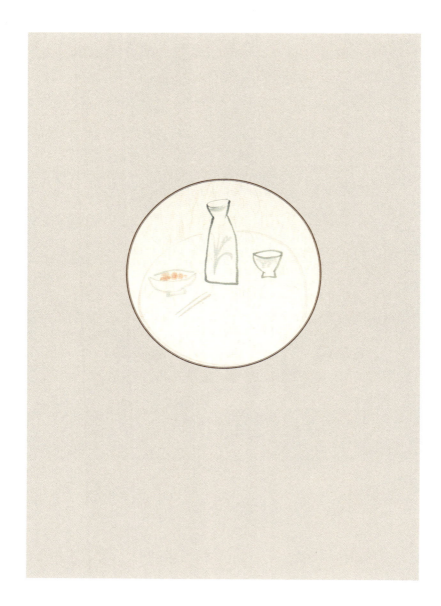

醺·游

北京的秋花

桂花

桂花以多为胜。《红楼梦》薛蟠的老婆夏金桂家"单有几十顷地种桂花"，人称"桂花夏家"。"几十顷地种桂花"，真是一个大观！四川新都桂花甚多。杨升庵祠在桂湖，环湖植桂花，自山坡至水湄，层层叠叠，都是桂花。我到新都谒升庵祠，曾作诗：

桂湖老桂发新枝，

湖上升庵旧有祠。

一种风流谁得似，

状元词曲罪臣诗。

杨升庵是才子，以一甲一名中进士，著作有七十种。他因"议大礼"获罪，充军云南，七十余岁，客死于永昌。陈老莲曾画过他的像，"醉则簪花满头"，面色酡红，是喝醉了的样子。从陈老莲的画像看，升庵是个高个儿的胖子。但陈老莲恐怕是凭想象画的，未必即像升庵。新都人为他在桂湖建祠，升庵死若有知，亦当欣慰。

北京桂花不多，且无大树。颐和园有几棵，没有什么人注意。我曾在藻鉴堂小住，楼道里有两棵桂花，是种在盆里的，不到一人高！

我建议北京多种一点桂花。桂花美阴，叶坚厚，入冬不凋。开花极香浓，干制可以做元宵馅、年糕。既有观赏价值，也有经济价值，何乐而不为呢？

菊花

秋季广交会上摆了很多盆菊花。广交会结束了，菊花还没有完全开残。有一个日本商人问管理人员："这些花你们打算怎么处理？"答云："扔了！"——"别扔，我买。"他给了一点钱，把开得还正盛的菊花全部包了，订了一架飞机，把菊花从广州空运到日本，张贴了很大的海报："中国菊展。"卖门票，参观的人很多。他捞了一大笔钱。这件事叫我有两点感想：一是日本商人真有商业头脑，任何赚钱的机会都不放过，我们的管理人员是老爷，到手的钱也抓不住。二是中国的菊花好，能得到日本人的赞赏。

中国人长于艺菊，不知始于何年，全国有几个城市的菊花都负盛名，如扬州、镇江、合肥，黄河以北，当以北京为最。

菊花品种甚多，在众多的花卉中也许是最多的。

首先，有各种颜色。最初的菊大概只有黄色的。"鞠有黄华"、"零落黄花满地金"，"黄华"和菊花是同义词。后来就发展到什么颜色都有了。黄色的、白色的、紫的、红的、粉的，都有。挪威的散文家别伦·别尔生说各种花里只有菊花有绿色的，也不尽然，牡丹、芍药、月季都有绿的，但像绿菊那样绿得像初新的嫩蚕豆那样，确乎是没有。我几年前回乡，在公园里看到一盆绿菊，花大盈尺。

其次，花瓣形状多样，有平瓣的、卷瓣的、管状瓣的。在镇江焦山见过一盆"十丈珠帘"，细长的管瓣下垂到地，说"十丈"当然不会，但三四尺是有的。

北京菊花和南方的差不多，狮子头、蟹爪、小鹅、金背大红……南北皆相似，有的连名字也相同。如一种浅红的瓣，极细而卷曲如一头乱发的，上海人叫它"懒梳妆"，北京人也叫它"懒梳妆"，因为得其神韵。

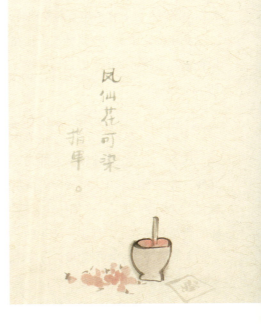

有些南方菊种北京少见。扬州人重"晓色"，谓其色如初日晓云，北京似没有。"十丈珠帘"，我在北京没见过。"枫叶芦花"，紫平瓣，有白色斑点，也没有见过。

我在北京见过的最好的菊花是在老舍先生家里。老舍先生每年要请北京市文联、文化局的干部到他家聚聚，一次是腊月，老舍先生的生日（我记得是腊月二十三）；一次是重阳节左右，赏菊。老舍先生的哥哥很会莳弄菊花。花很鲜艳；菜有北京特点（如芝麻酱炖黄花

鱼、"盒子菜"）；酒"敞开供应"，既醉既饱，至今不忘。

我不赞成搞菊山菊海，让菊花都按部就班，排排坐，或挤成一堆，闹闹嚷嚷。菊花还是得一棵一棵地看，一朵一朵地看。更不赞成把菊花缚扎成龙、成狮子，这简直是糟蹋了菊花。

秋葵、鸡冠、凤仙、秋海棠

秋葵我在北京没有见过，想来是有的。秋葵是很好种的，在篱落、石缝间随便丢几个种子，即可开花。或不烦人种，也能自己开落。花瓣大、花浅黄，淡得近乎没有颜色，瓣有细脉，瓣内侧近花心处有紫色斑。秋葵风致楚楚，自甘寂寞。不知道为什么，秋葵让我想起女道士。秋葵亦名鸡脚葵，以其叶似鸡爪。

我在家乡县委招待所见一大丛鸡冠花，高过人头，花大如扫地笤帚，颜色深得吓人一跳。北京鸡冠花未见有如此之粗野者。

凤仙花可染指甲，故又名指甲花。凤仙花捣烂，少入矾，敷于指尖，即以凤仙叶裹之，隔一夜，指甲即红。凤仙花茎可长得很粗，湖南人或以入臭坛腌渍，以佐粥，味似臭苋菜秆。

秋海棠北京甚多，齐白石喜画之。齐白石所画，花梗颇长，这在我家那里叫作"灵芝海棠"。诸花多为五瓣，惟秋海棠为四瓣。北京有银星海棠，大叶甚坚厚，上洒银星，杆亦高壮，简直近似木本。我对这种孙二娘似的海棠不大感兴趣。我所不忘的秋海棠总是伶仃瘦弱的。我的生母得了肺病，怕"过人"——传染别人，独自卧病，在一座偏房里，我们都叫那间小屋为"小房"。她不让人去看她，我的保姆要抱我去让她看看，她也不同意。因此我对我的母亲毫无印象。她死后，这间"小房"成了堆放她的嫁妆的储藏室，成年锁着。我的继母偶尔打开，取一两件东西，我也跟了进去。"小房"外面有一个小天井，靠墙有一个秋叶形的小花坛，不知道是谁种了两三棵秋海棠，也没有人管它，它在秋天竟也开花。花色苍白，样子很可怜。不论在哪里，我每看到秋海棠，总要想起我的母亲。

一九九六年中秋

紫薇

　　唐朝人也不是都能认得紫薇花的。《韵语阳秋》卷第十六："白乐天诗多说别花，如《紫薇花诗》云'除却微之见应爱，世间少有别花人'……今好事之家，有奇花多矣，所谓别花人，未之见也。鲍溶作《仙檀花诗》寄袁德师侍御，有'欲求御史更分别'之句，岂谓是邪？"这里所说的"别"是分辨的意思。白居易是能"别"紫薇花的，他写过至少三首关于紫薇的诗。

　　《韵语阳秋》云：

　　"白乐天作中书舍人，入直西省，对紫薇花而有咏曰：'绘编阁下文章静，钟鼓楼中刻漏长。独坐黄昏谁是伴，紫薇花对紫薇郎。'后又云：'紫薇花对紫薇翁，名目虽同貌不同，则此花之珍艳可知矣。'爪其本则枝叶俱动，俗谓之'不耐痒花'。自五月至九月尚烂漫，俗又谓之'百日红'。唐人赋咏，未有及此二事者。本朝梅圣俞时注意此花。一诗赠韩子华，则曰：'薄肤痒不胜轻爪，嫩干生宜近禁庐'；一诗赠王景彝，则曰：'薄薄嫩肤搔鸟爪，离离碎叶剪城霞'，然皆著不耐痒事，而未有及百日红者。胡文恭在西掖前亦有三诗，其一云：'雅当翻药地，繁极曝衣天'，注云：'花至七夕犹繁'，似有百日红之意，可见当时此花之盛。省吏相传，咸平中，李昌武自别墅移植于此。晏元献尝作赋题于省中，所谓'得自羊墅，来从召园，有昔日之绎老，无当时之仲文'是也。"

对于年轻的读者，需要做一点解释，"紫薇花对紫薇郎"是什么意思。紫薇郎亦作紫微郎，唐代官名，即中书侍郎。《新唐书·百官志二》注："开元元年，改中书省曰紫薇省，中书令曰紫薇令。"白居易曾为中书侍郎，故自称紫薇郎。中书侍郎是要到宫里值班的，独自坐在办公室里，不免有些寂寞，但是这也不是一般人所能谋得到的差事，诗里又透出几分得意。"紫薇花对紫薇郎"，使人觉得有点罗曼蒂克，其实没有。不过你要是有一点罗曼蒂克的联想，也可以。石涛和尚画过一幅紫薇花，题的就是白居易的这首诗。紫薇颜色很娇，画面很美，更易使人产生这是一首情诗的错觉。

从《韵语阳秋》的记载，我们可以知道两件事。一是"爪其本则枝叶俱动"。紫薇树干的外皮易脱落，露出里面的"嫩肤"，嫩肤上留下外皮脱落后留下的一片一片的青色和白色的云斑。用指甲搔搔树干的嫩肤，确实是会枝叶俱动的。宋朝人叫它"不耐痒花"，现在很多地方叫它"怕痒痒树"或"痒痒树"。这到底是什么道理，好像没有人解释过。二是花期甚长。这是夏天的花。胡文恭说它"繁极曝衣天"，白居易说它"独占芳菲当夏景，不将颜色托春风"。但是它"花至七夕犹繁"。我甚至在飘着小雪的天气，还看见一棵紫薇依然开着仅有的一穗红花！

我老幻想着能在
瓶里采熟了，
放它出去，
它再飞回来。

　　我家的后园有一棵紫薇。这棵紫薇有年头了，主干有茶杯口粗，高过屋檐。一到放暑假，它开起花来，真是"繁"得不得了。紫薇花是六瓣的，但是花瓣皱缩，瓣边还有很多不规则的缺刻，所以根本分不清它是几瓣，只是碎碎叨叨的一球，当中还射出许多花须、花蕊。一个枝子上有很多朵花。一棵树上有数不清的枝子。真是乱。乱红成阵。乱成一团。简直像一群幼儿园的孩子放开了又高又脆的小嗓子一起乱嚷嚷。在乱哄哄的繁花之间还有很多赶来凑热闹的黑蜂。这种蜂不是普通的蜜蜂，个儿很大，有指头顶那样大，黑的，就是齐白石爱画的那种。我到现在还叫不出这是什么蜂。这种大黑蜂分量很重。它一落在一朵花上，抱住了花须，这一穗花就叫它压得沉了下来。它起翅飞去，花穗才挣回原处，还得哆嗦两下。

　　大黑蜂不像马蜂那样会做窠。它们也不像马蜂一样地群居，是单个生活的。在人家房檐的椽子下面钻一个圆洞，这就是它的家。我常常看见一个大黑蜂飞回来了，一收翅膀，钻进圆洞，就赶紧用一根细细的帐竿竹子捅进圆洞，来回地拧，它就在洞里嗯嗯地叫。我把竹竿一拔，啪的一声，它就掉到了地上。我赶紧把它捉起来，放进一个玻璃瓶里，盖上盖——瓶盖上用洋钉凿了几个窟窿。瓶子里塞了好些紫薇花。大黑蜂没有受伤，它只是摔晕过去了。过了一会，它缓醒过来了，就在花瓣之间乱爬。大黑蜂生命力很强，能活几天。我老幻想它能在瓶里待熟了，放它出去，它再飞回来。可是不知什么时候，它仰面朝天，死了。

紫薇原产于中国中部和南部。白居易诗云："浔阳官舍双高树，兴善僧庭一大丛，何似苏州安置处，花堂栏下月明中。"这些都是偏南的地方。但是北方很早就有了，如长安。北京过去也有，但很少（北京人多不识紫薇）。近年北京大量种植，到处都是。街心花园几乎都有。选择这种花木来美化城市环境是很有道理的，因为它花繁盛，颜色多（多为胭脂红，也有紫色和白色的），花期长。但是似乎生长得很慢。密云水库大坝下的通道两侧，隔不远就有一棵紫薇。我每年夏天要到密云开一次会，年年到坝下散步，都看到这些紫薇。看了四年，它们好像还是那样大。

比起北京雨后春笋一样耸立起来的高楼，北京的花木的生长就显得更慢。因此，对花木要倍加爱惜。

一九八七年二月二十一日

泰山片石

我从泰山归，

携归一片云，

开匣忽相视，

化作雨霖霖。

泰山很大

泰即太，太的本字是大，段玉裁以为太是后起的俗字，太字下面的一点是后人加上去的。金文、甲骨文的大字下面如果加上一点，也不成个样子，很容易让人误解，以为是表示人体上的某个器官。

因此描写泰山是很困难的。它太大了，写起来没有抓挠。三千年来，写泰山的诗里最好的，我以为是诗经的《鲁颂》："泰山岩岩，鲁邦所詹。""岩岩"究竟是一种什么感觉，很难捉摸，但是登上泰山，似乎可以体会到泰山是有那么一股劲儿。詹即瞻。说是在鲁国，不论在哪里，抬起头来就能看到泰山。这是写实，然而写出了一个大境界。汉武帝登泰山封禅，对泰山简直不知道怎么说才好，只好发出一连串的感叹："高矣！极矣！大矣！特矣！壮矣！赫矣！感矣！"完全没说出个所以然。这倒也是一种办法，人到了超经验的景色之前，往往找不到合适的语言，就只好狗一样地乱叫。杜甫诗《望岳》，自是绝唱，"岱宗夫何如？齐鲁青未了。"一句话就把泰山概括了。杜甫真是一个深受儒家思想影响的伟大的现实主义者，这一句诗表现了他对祖国山河无比的忠悃。相比之下，李白的"天门一长啸，万里清风来"，就有点洒狗血，李白写了很多好诗，很有气势，但有时底气不足，便只好洒狗血，装疯。他写泰山的几首诗都让人有底气不足之感。杜甫的诗当然受了《鲁颂》的影响，"齐鲁青未了"，当自"鲁邦所詹"出。张岱说："泰山元气浑厚，绝不以玲珑小巧示人。"这话是说得对的。大概写泰山。只能从宏观处着笔。郦道元写三峡可以取法，柳宗元的《永州八记》刻琢精深，以其法写泰山即大不适用。

写风景，是和个人气质有关的。徐志摩写泰山日出，用了那么多华丽鲜明的颜色，真是"浓得化不开"。但我有点怀疑，这是写泰山日出，还是写徐志摩自己？我想周作人就不会这样写。周作人大概根本不会去写日出。

我是写不了泰山的，因为泰山太大。我对泰山不能认同。我对一切伟大的东西总有点格格不入。我十年间两登泰山，可谓了不相干。泰山既不能进入我的内部，我也不能外化为泰山。山自山，我自我，不能达到物我同一，山即是我，我即是山。泰山是强者之山，我自以为这个提法很合适，我不是强者，不论是登山还是处世。我是生长在水边的人，一个平常的、平和的人。我已经过了七十岁，对于高山，只好仰止。我是个安于竹篱茅舍、小桥流水的人。以惯写小桥流水之笔而写高大雄奇之山，殆矣。人贵有自知之明，不要"小鸡吃绿豆——强努。"

同样，我对一切伟大的人物也只能以常人视之。泰山的出名，一半由于封禅。封禅史上最突出的两个人物是秦皇、汉武。唐玄宗作《纪泰山铭》，文词华缛而空洞无物。宋真宗更是个沐猴而冠的小丑。对于秦始皇，我对他统一中国的丰功，不大感兴趣。他是不是"千古一帝"，与我无关。我只从人的角度来看他，对他的"蜂目豺声"印象很深。我认为汉武帝是个极不正常的人，是个妄想型精神病患者，一个变态心理的难得的标本。这两位大人物的封禅，可以说是他们的人格的夸大。看起来这两位伟大人物的封禅的实际效果都不怎么样，秦始皇上山，上了一半，遇到暴风雨，吓得退下来了。按照秦始皇的性格，暴风雨算什么呢？他横下心来，是可以不顾一切地上到山顶的。然而他害怕了，退下来了。于此可以看出，伟大人物也有虚弱的一面。汉武帝要封禅，召集群臣讨论封禅的制度。因无旧典可循，大家七嘴八舌瞎说一气。汉武帝恼了，自己规定了照祭东皇太乙的仪式，上山了。却谁也不让同去，只带了霍去病的儿子一个人。霍去病的儿子不久即得暴病而死。他的死因很可疑，于是汉武帝究竟在山顶上鼓捣了什么名堂，谁也不知道。封禅是大典，为什么要这样保密？看来汉武帝心里也有鬼，很怕他的那一套名堂不灵验，为人所讥。

但是，又一次登了泰山，看了秦刻石和无字碑(无字碑是一个了不起的杰作），在乱云密雾中坐下来，冷静地想想，我的心态比较透亮了。我承认泰山很雄伟，尽管我和它不能水乳交融，打成一片；承认伟大的人物确实是伟大的，尽管他们所做的许多事不近人情。他们是人里头的强者，这是毫无办法的事。在山上呆了七天，我对名山大川，伟大人物的偏激情绪有所平息。

同时我也更清楚地认识到我的微小，我的平常，更进一步安于微小，安于平常。

这是我在泰山受到的一次教育。

从某个意义上说，泰山是一面镜子，照出每个人的价值。

泰山石刻

第一次看见经石峪字，是在昆明一个旧家，一副四言的集字对联、厚纸浓墨，是较早的拓本。百年老屋，光线晦暗，而字字神气俱足，不能忘。

经石峪在泰山中路的岔道上。这地方的地形很奇怪，在崇山峻岭之中，怎么会出现一片一亩大的基本平整的石坪呢？泰山石为花岗岩，多为青色，而这片石坪的颜色是姜黄的。四周都没有这样的石头，很奇怪。是一个什么人发现了这片石坪，并且想起在石坪上刻下一部《金刚经》呢？经字大径一尺半。摩崖大字，一般都是刻在直立的石崖上，这是刻在平铺的石坪上的，很少见。这样的字体，他处也极少见。

经石峪的时代，众说纷纭。说这是从隶书过渡到楷书之间的字体，则多数人都无异议。

有人以为经石峪与瘗鹤铭的时代差不多，是有见地的。经石峪保存较多隶书笔意，但无蚕头雁尾，笔圆而体稍扁，可以上接石门铭，但不似石门铭的放肆。有人说经石峪和瘗鹤铭都是王羲之写的，似无据，王羲之书多以偏侧取势。经石峪不也。瘗鹤铭结体稍长，用笔瘦劲，秀气扑人，说这近似二王书，还有几分道理（我以为应早于王羲之）。书法自晋唐以后，都贵瘦硬。杜甫诗"书贵瘦硬方通神"，是一时风气。经石峪字颇肥重，但是骨在肉中，肥而不痴，笔笔送到，而不板滞。假如用一个字评经石峪字，曰：稳。这是一个心平而志坚的学佛的人所写的字。这不是废话么，《金刚经》还能是不学佛的人写的？不，经字有佛性。

这样的字和泰山才相称。刻在他处，无此效果。十年前，我在经石峪呆了好大一会，觉得两天的疲劳，看了经石峪，也就值了。"经石峪"是"泰山"不可分离的一部分。泰山即使没有别的东西，没有碧霞元君祠，没有南天门，只有一个经石峪，也还是值得来看看的。

我很希望有人能拓印一份经石峪字的全文（得用好多张纸拼起来），在北京陈列起来，即便专为它盖一个大房子，也不为过。

名山之中，石刻最多也最好的，似为泰山。大观峰真是大观，那么多块摩崖大字，大都写得很好，这好像是摩崖大字大赛，哪一块都不寒碜，这块地场（这是山东话）也选得好。石岩壁立，上无遮盖，而石壁前有一片空地，看字的人可以在一个距离之外看，收其全貌，不必像壁虎似的趴在石壁上。其他各处的摩崖石碑的字也都写得不错。摩崖字多是真书，体兼颜柳，是得这样，才压得住（蔡襄平日写行草，鼓山的大字题名却是真书。董其昌字甚飘逸，但写大字则用颜体）。看大字碑刻题名，很多都是山东巡抚。大概到山东来当巡抚，先得练好大字。

有些摩崖石刻，是当代人手笔。较之前人，不逮也。有的字甚至明显地看得出是用铅笔或圆珠笔写在纸上放大的。是乌可哉。

很奇怪，泰山上竟没有一块韩复榘写的碑。这位老兄在山东待了那么久，为什么不想到泰山来留下一点字迹？看来他有点自知之明。

韩复榘在他的任内曾大修过泰山一次，竣工后，电令泰山各处："嗣后除奉令准刊外，无论何人不准题字、题诗。"我准备投他一票。随便刻字，实在是糟蹋了泰山。

担山人

我在泰山遇了一点险，在由天街到神憩宾馆的石级上，叫一个担山人的扁担的铁尖在右眼角划了一下，当时出了血。这位担山人从我的后边走上来，在我身边换肩。担山人说："你注意一点。"话倒是挺和气，不过有点岂有此理，他在我后面，倒是我不注意！我看他担着重担，没有说什么(我能说什么呢？揪住他不放？这种事我还做不出来)。这个担山人年纪比较轻，担山、做人，都还少点经验。他担了四块正方形的水泥砖，一头两块(为什么不把原材料运到山上，在山上做砖，要这样一趟一趟担？)我看了别的担山人，担什么的都有。有担啤酒的，不用筐箱，啤酒瓶直立着，缚紧了，两层。一担也就是担个五六十瓶吧。我们在山上喝啤酒，有时开了一瓶，没喝完，就扔下了，往后可不能这样，这瓶酒来之不易。

泰山担山人有个特别处，担物不用绳系，直接结缚在扁担两头。

这样重心就很高，有什么好处？大概因为用绳系，爬山级时易于碰腿。听泰山管理处的路宗元同志说，担山人一般能担一百四五十斤，多的能担一百八。他们走得不快，一步一步，脚脚落在实处，很稳，呼吸调得很匀，不出粗气。冯玉祥诗《上山的挑夫》说担山人"腿酸气喘，汗如雨滴"，要是这样，那算什么担山的呢？

泰山担山人的扁担较他处为长，当中宽厚，两头稍翘，一头有铁尖(这种带有铁尖的扁担湖南也有，谓之钎担)。扁担作紫黑色，不知是什么木料，看起来很结实，又有绵性，既能承重，也不压肩。

我的那点轻伤不算什么。到了宾馆，血就止了。大夫用酒精擦了擦，晚上来看看，说："没有感染。"(我还真有点怕万一感染了破伤风什么的)又说："你扎的那个地方可不好！如果再往下一点，扎得深一点……""那就麻烦了！"

✦

扇子崖下

泰山散文笔会的作家去登扇子崖。我和斤澜没有上去。叶梦为了陪我们，上了一截又下来了。路宗元同志叫我们在下面随便走走，等登山的人下来。

这也是一个景区，竹林寺风景管理区，但竹林寺只存其名，寺已不存在。这里属泰山西路，不是登山的正路，游人很少。除了特意来登扇子崖的，几乎没有人来。这不大像风景区，倒像山里的一个村子。稍远处有农家。地里种着地瓜(即白薯)。一个树林里有近百只羊。一色是黑山羊。泰山的山羊和别处不大一样，毛色浓黑，眼圈和嘴头是棕黄色的——别处的黑山羊眼、嘴都是浅灰色。这些羊分散在石块

33

上，或立或卧，都一动不动，只有嘴不停地磨动，在倒嚼。这些羊的样子很"古"。有一个小庙。叫无极庙。庙外有老妇人卖汽水。无极庙极小。正殿上塑着无极娘娘，两旁配殿一边塑送生娘娘，一边塑眼光娘娘，比碧霞元君祠简陋。中国人不知道为什么对眼光娘娘那样重视，很多庙里都有，是中国害眼的特多？无极庙小，没人来，亦无主持僧道，庭中有树两株，石凳一，很安静。在石凳上坐坐，舒服得很。出门时问卖汽水的老妇人："有人买汽水么？"答曰："有！"

出无极庙，沿山路徐行。路也有点起伏，石级崎岖处得由叶梦扶我一把，但基本上是平缓的。半山有石亭，在亭外坐下，眺望近处的长寿桥，远处的黑龙潭，如王旭《西溪》诗所说"一川烟景合，三面画屏开"，很美。许安仁《游泰山竹林》诗云："客来总说游山好，不道山僧却厌山"，在游山诗中别开生面。我在泰山，虽不到"厌山"的程度，但连日上上下下，不免疲乏，能于雄、伟、奇、险之外得一幽境偷闲半日，也是很好的休息。

薄暮，登山诸公下来，全都累得够呛，我与斤澜皆深以不登扇子崖为得计。

临走时，卖汽水的老妇人已经走了，无极庙的门开着。

回来翻翻资料，无极庙的来历原来是这样：一九二五年张宗昌督鲁时，兖州镇守使张培荣封其夫人为"无极真人"，并在竹林寺旧址建无极庙，不禁失笑。一个镇守使竟然"封"自己的老婆为"真人"，亦是怪事。这种事大概只有张宗昌的部下才干得出来。

中溪宾馆

中溪宾馆在中天门，一径通幽，两层楼客房，安安静静。楼外有个长长的庭院，种着小灌木，豆板黄杨、小叶冬青、日本枫。庭院两端有一石造方亭，突出于山岩之外，下临虚谷，不安四壁，亭中有桌凳。坐在亭子里，觉山色皆来相就，用四川话说，真是"安逸"。

伙食很好，餐餐有野菜吃。十年前我到泰山，就吃过野菜，但不如这次多。泰山可吃的野菜有一百多种，主要的有三十一种。野菜不外是两种吃法，一是开水焯后凉拌，一是裹了蛋清面糊油炸。我们这次吃过的野菜有这些：

灰菜(亦名雪里青，略焯，凉拌。亦可炒食，或裹面蒸食)野苋菜(凉拌或炒)

马齿苋(凉拌或炒)

蕨菜(即藜，焯后凉拌)

黄花菜(泰山顶上的黄花菜淡黄色，与他处金黄者不同，瓣亦较厚而嫩，甚香。凉拌或炒，亦可做汤)

藿香(即做藿香正气丸的藿香。山东人读"藿"音如"河"，初不知"河香"为何物，上桌后方知是一味中药。藿香叶裹面油炸)

薄荷(野生者。油炸，入口不凉，细嚼后有薄荷香味)

紫苏(本地叫苏叶)

椿叶(香椿已经无嫩芽，但其叶仍可炸食)

木槿花(整朵油炸，炸出后花形不变，一朵一朵开在瓷盘里。吃起来只是酥脆，亦无特殊味道，好玩而已)

　　宾馆经理朱正伦把野菜移栽在食堂外面的空地上，要吃，由炊事员现采，故皆极新鲜。朱经理说港台客人对中溪宾馆的野菜宴非常感兴趣。那是，香港咋能吃到野菜呢！

　　宾馆的服务员都是小姑娘。对人很亲切，没有星级宾馆的服务员那样过多的职业性的礼貌。她们对"散文笔会"的十八位作家的底细大体都摸清了。一个叫米峰的姑娘戴一副眼镜，我戏称她为学者型的服务员。她拿了一本《蒲桥集》来让我签名，说是今年一月在泰安买的，说她最喜欢《昆明的雨》那几篇，说没想到我会来，看到了我，真高兴。我在扉页上签了名，并写了几句话。

　　山中七日，除了在山顶的神憩宾馆住过一晚上外，六天都住在中溪宾馆。早晨出发，薄暮归来。人真是怪，宾馆，宾馆耳，但踏进大门，即觉得是回家了。

　　我问朱正伦同志，这地方为什么叫中溪，他指指对面的山头，说山上有一条溪水，是泰山的主溪，因为在泰山之中，故名中溪。听人说，泰山山有多高，水有多高，信然。

　　写了两个晚上的字。为中溪宾馆写了一幅四尺横幅：溪流崇岭上，人在乱云中。

　　临走，宾馆人员全体出动，一直把我们送下山坡上汽车。桑下三宿，未免有情。再来泰山，我还住中溪。

泰山云雾

　　宿中溪宾馆第二天，我起得很早，推开客房楼门，到院里一看，大雾。雾在峰谷间缓缓移动，忽浓忽淡。远近诸山皆作浅黛。忽隐忽现。早饭后，雾渐散，群山皆如新沐。

登玉皇顶，下来，到探海石旁，不由常路，转到后山。后山小路狭窄，未经斫治，有些地方仅能容足，颇险。我四月间在云南曾崴过一次脚，因有旧伤，所以格外小心。但是后山很值得一看。山皆壁立，直上直下，岩块皆数丈，笔致粗豪，如大斧劈。忽然起了大雾，回头看玉皇顶，完全没有了，只闻鸟啼。从鸟声中知道所从来的山岭松林的方位，知道就在不远处。然而极目所见，但浓雾而已。

宿神憩宾馆，晚上，和张抗抗出宾馆大门看看，只见白茫茫一片，不辨为云为雾。想到天街走走，服务员劝我们不要去，危险，只好伏在石栏上看看。云雾那样浓，似乎扔一个鸡蛋下去也不会沉底。老是白茫茫一片，看到什么时候？回去吧。抗抗说她小时候看见云流进屋里，觉得非常神奇。不想我们回去，拉开了玻璃大门，云雾抢在我们前面先进来了，一点不客气，好像谁请了它似的。

离泰山的那天夜晚，雾特大，开了车灯，能见度只有二尺。司机在泰山开了十年车，是老泰山了。他说外地司机，这天气不敢开车。我们就这样云里雾里，糊里糊涂地离开泰山了。

在车里，我想：泰山那么多的云雾，为什么不种茶？史载：中国的饮茶，始于泰山的灵岩寺，那么，泰山原来是有茶树的。泰山的水那样好(本地人云：泰山有三美，白菜、豆腐、水)，以泰山水泡泰山茶，一定很棒。我想向泰山管委会作个建议：试种茶树。也许管委会早已想到了，下次再来泰山，希望能喝到泰山岩茶，或"碧霞新绿"。

一九九一年七月末，北京

淡淡秋光

秋海棠

我们那里的秋海棠只有一种，矮矮的草本，开浅红色四瓣的花，中辍黄色的花蕊如小绒球。像北京的银星海棠那样硬秆、大叶、繁花的品种是没有的。

我家小屋外面有一小天井，靠墙有一个秋叶形的小花坛。花坛里开着一丛秋海棠。也没有人管它，它自开自落。我母亲没有给我留下什么记忆。我记得的只有两件事。一件是我父亲陪母亲乘船到淮安去就医，把我带在身边。船篷里挂了好些船家自腌的大头菜（盐腌的，白色，有点像南浔大头菜，不像云南的"黑芥"），我一直记着这大头菜的气味。另一件便是这丛秋海棠。我记住这丛秋海棠的时候，我母亲去世已经有两三年了。我并没有感伤情绪，不过看见这丛秋海棠，总会想到母亲去世前是住在这里的。

我记住这丛秋海棠的时候，我母亲去世已经丙寅三年了。

香橼·木瓜·佛手

我家的"花园"里实在没有多少花。花园里有一座"土山"。这"土山"不知是怎么形成的，是一座长长的隆起的土丘。"山"上只有一棵龙爪槐，旁枝横出，可以倚卧。我常常带了一块带筋的酱牛肉或一块榨菜，半躺在横枝上看小说，读唐诗。"山"的东麓有两棵碧桃，一红一白，春末开花极繁盛。"山"的正面却种了四棵香橼。我不知道我的祖父在开园堆山时为什么要栽了这样几棵树。这玩意就是"橘逾淮南则为枳"的枳（其实这是不对的，橘与枳自是两种）。这是很结实的树。木质坚硬，树皮紧细光滑。叶片经冬不凋，深绿色。树枝有硬刺。春天开白色的花。花后结圆球形的果，秋后成熟。香橼不能吃，瓤极酸涩，很香，不过香得不好闻。凡花果之属有香气者，总要带点甜味才好，香橼的香气里却带有苦味。香橼很肯结，树上累累的都是深绿色的果子。香橼算是我家的"特产"，可以摘了送人。

所谓玩，就是放在衣口袋里，不时取出来，凑在鼻子跟前闻闻。

但似乎不受欢迎。没有什么用处，只好让它自己碧绿地垂在枝头。到了冬天，皮色变黄了，放在盘子里，摆在水仙花旁边，也还有点意思，其时已近春节了。总之，香橼不是什么佳果。

香橼皮晒干，切片，就是中药里的枳壳。

花园里有一棵木瓜，不过不大结。我们所玩的木瓜都是从水果摊上买来的。所谓"玩"，就是放在衣口袋里，不时取出来，凑在鼻子跟前闻闻。——那得是较小的，没有人在口袋里揣一个茶叶罐大小的木瓜的。木瓜香味很好闻。屋子里放几个木瓜，一屋子随时都是香的，使人心情恬静。

我们那里木瓜是不吃的。这东西那么硬，怎么吃呢？华南切为小薄片，制为蜜饯。——厦门人是什么都可以做蜜饯的，加了很多味道奇怪的药料。昆明水果店将木瓜切为大片，泡在大玻璃缸里。有人要买，随时用筷子夹出两片。很嫩，很脆，很香。泡木瓜的水里不知加了什么，否则这木头一样的瓜怎么会变得如此脆嫩呢？中国人从前是

吃木瓜的。《东京梦华录》载"木瓜水"，这大概是一种饮料。

佛手的香味也很好。不过我真不知道一个水果为什么要长得这么奇形怪状！佛手颜色嫩黄可爱。《红楼梦》贾母提到一个蜜蜡佛手，蜜蜡雕为佛手，颜色、质感都近似，设计这件摆设的工匠是个聪明人。蜜蜡不是很珍贵的玉料，但是能够雕成一个佛手那样大的蜜蜡却少见，贾府真是富贵人家。

佛手、木瓜皆可泡酒。佛手酒微有黄色，木瓜酒却是红色的。

橡栗

橡栗即"狙公赋茅"的茅，不知道为什么我们小时候却叫它"茅栗子"。这是"形近而讹"么？不过我小时候根本不认得这个"茅"字。橡即栎。我们也不认得"栎"字，只是叫它"茅栗子树"。我们那里茅栗子树极少，只有西门外小校场的西边有一棵，很大。到了秋天，茅栗子熟了，落在地下，我们就去捡茅栗子玩。茅栗有什么好玩的？形状挺有趣，有一点像一个小坛子，不过底是尖的。皮色浅黄，很光滑。如此而已。我们有时在它的像个小盖子似的蒂部扎一个小窟窿，插进半截火柴棍，成了一个"捻捻转"。用手一捻，它就在桌面上旋转，像一个小陀螺。如此而已。

小校场是很偏僻的地方，附近没有什么人家。有一回，我和几个女同学去捡茅栗子，天黑下来了，我们忽然有些害怕，就赶紧往城里走。路过一家孤零零的人家门外，门前站着一个岁数不大的人，说："你们要茅栗子么？我家里有！"我们立刻感到：这是个坏人。我们没有搭理他，只是加快了脚步，拼命地走。我是同学里的唯一的男子汉，便像一个勇士似的走在最后。到了城门口，发现这个坏人没有跟上来，才松了一口气。当时的紧张心情，我过了很多年还记得。

梧桐

一叶落而知天下秋，梧桐是秋的信使。梧桐叶大，易受风。叶柄甚长，叶柄与树枝连接不很结实，好像是粘上去的。风一吹，树叶极易脱落。立秋那天，梧桐树本来好好的，碧绿碧绿，忽然一阵小风，欻的一声，飘下一片叶子，无事的诗人吃了一惊：啊！秋天了！其实只是桐叶易落，并不是对于时序有特别敏感的"物性"。梧桐落叶早，但不是很快就落尽。《唐明皇秋夜梧桐雨》证明秋后梧桐还是有叶子的，否则雨落在光秃秃的枝干上，不会发出使多情的皇帝伤感的声音。据我的印象，梧桐大批地落叶，已是深秋，树叶已干，梧桐籽已熟。往往是一夜大风，第二天起来一看，满地桐叶，树上一片也不剩了。

梧桐籽炒食极香，极酥脆，只是太小了。

我的小学校园中有几棵大梧桐，大风之后，我们就争着捡梧桐叶。我们要的不是叶片，而是叶柄。梧桐叶柄末端稍稍鼓起，如一小马蹄。这个小马蹄纤维很粗，可以磨墨。所谓"磨墨"，其实是在砚台上注了水，用粗纤维的叶柄来回磨蹭，把砚台上干硬的宿墨磨化了，可以写字了而已。不过我们都很喜欢用梧桐叶柄来磨墨，好像这样磨出的墨写出字来特别的好。一到梧桐落叶那几天，我们的书包里都有许多梧桐叶柄，好像这是什么宝贝。对于这样毫不值钱的东西的珍视，是可以不当一回事的么？不啊！这里凝聚着我们对于时序的感情。这是"俺们的秋天"。

一九八八年十一月九日

43

冬天

　　天冷了，堂屋里上了槅子。槅子，是春暖时卸下来的，一直在厢屋里放着。现在，搬出来，刷洗干净了，换了新的粉连纸，雪白的纸。上了槅子，显得严紧，安适，好像生活中多了一层保护。家人闲坐，灯火可亲。

　　床上拆了帐子，铺了稻草。洗帐子要捡一个晴朗的好天，当天就晒干。夏布的帐子，晾在院子里，夏天离得远了。稻草装在一个布套里，粗布的，和床一般大。铺了稻草，暄腾腾的，暖和，而且有稻草的香味，使人有幸福感。

　　不过也还是冷的。南方的冬天比北方难受，屋里不升火。晚上脱了棉衣，钻进冰凉的被窝里，早起，穿上冰凉的棉袄棉裤，真冷。

　　放了寒假，就可以睡懒觉。棉衣在铜炉子上烘过了，起来就不是很困难了。尤其是，棉鞋烘得热热的，穿进去真是舒服。

　　我们那里生烧煤的铁火炉的人家很少。一般取暖，只是铜炉子，脚炉和手炉。脚炉是黄铜的，有多眼的盖。里面烧的是粗糠。粗糠装

铺了稻草，暖烘烘的，梦和雨且有稻草的香味，使人有幸福感。

满，铲上几铲没有烧透的芦柴火（我们那里烧芦苇，叫作"芦柴"）的红灰盖在上面。粗糠引着了，冒一阵烟，不一会，烟尽了，就可以盖上炉盖。粗糠慢慢延烧，可以经很久。老太太们离不开它。闲来无事，抹抹纸牌，每个老太太脚下都有一个脚炉。脚炉里粗糠太实了，空气不够，火力渐微，就要用"拨火板"沿炉边挖两下，把粗糠拨松，火就旺了。脚炉暖人。脚不冷则周身不冷。焦糠的气味也很好闻。仿日本俳句，可以作一首诗："冬天，脚炉焦糠的香。"手炉较脚炉小，大都是白铜的，讲究的是银制的。炉盖不是一个一个圆窟窿，大都是镂空的松竹梅花图案。手炉有极小的，中置炭墼（煤炭研为细末，略加蜜，筑成饼状），以纸媒头引着。一个炭墼能经一天。

　　冬天吃的菜，有乌青菜、冻豆腐、咸菜汤。乌青菜塌棵，平贴地面，江南谓之"塌苦菜"，此菜味微苦。我的祖母在后园辟小片地，种乌青菜，经霜，菜叶边缘作紫红色，味道苦中泛甜。乌青菜与"蟹油"同煮，滋味难比。"蟹油"是以大螃蟹煮熟剔肉，加猪油"炼"成的，放在大海碗里，凝成蟹冻，久贮不坏，可吃一冬。豆腐冻后，不知道为什么是蜂窝状。化开，切小块，与鲜肉、牛肉、海米或咸菜同煮，无不佳。冻豆腐宜放辣椒、青蒜。我们那里过去没有北方的大白菜，只有"青菜"。大白菜是从山东运来的，美其名曰"黄芽菜"，很贵。"青菜"似油菜而大，高二尺，是一年四季都有的，家家都吃的菜。咸菜即是用青菜腌的。阴天下雪，喝咸菜汤。

冬天的游戏：踢毽子，抓子儿，下"逍遥"。"逍遥"是在一张正方的白纸上，木版印出螺旋的双道，两道之间印出八仙、马、兔子、鲤鱼、虾……每样都是两个，错落排列，不依次序。玩的时候各执铜钱或象棋子为子儿，掷骰子，如果骰子是五点，自"起马"处数起，向前走五步，是兔子，则可向内圈寻找另一个兔子，以子儿押在上面。下一轮开始，自里圈兔子处数起，如是六点，进六步，也许是铁拐李，就寻另一个铁拐李，把子儿押在那个铁拐李上。如果数至里圈的什么图上，则到外圈去找，退回来。点数够了，子儿能进终点（终点是一座宫殿式的房子，不知是月宫还是龙门），就算赢了。次后进入的为"二家"、"三家"。"逍遥"两个人玩也可以，三个四个人玩也可以。不知道为什么叫作"逍遥"。

早起一睁眼，窗户纸上亮晃晃的，下雪了！雪天，到后园去折腊梅花、天竺果。明黄色的腊梅、鲜红的天竺果，白雪，生意盎然。腊梅开得很长，天竺果尤为耐久，插在胆瓶里，可经半个月。

舂粉子。有一家邻居，有一架碓。这架碓平常不大有人用，只在冬天由附近的一二十家轮流借用。碓屋很小，除了一架碓，只有一些

筛子、箩。踩碓很好玩，用脚一踏，吱扭一声，碓嘴扬了起来，嘭的一声，落在碓窝里。粉子舂好了，可以蒸糕，做"年烧饼"（糯米粉为蒂，包豆沙白糖，作为饼，在锅里烙熟），搓圆子（即汤团）。舂粉子，就快过年了。

一九八八年十二月二十二日

礼拜天的早晨

礼拜天的早晨

　　洗澡实在是很舒服的事。是最舒服的事。有什么享受比它更完满，更丰盛，更精致的？——没有。酒、水果、运动、谈话、打猎，——打猎不知道怎么样，我没有打过猎……没有。没有比"浴"更美的字了，多好啊，这么懒洋洋地躺着，把身体交给了水，又厚又温柔，一朵星云浮在火气里。——我什么时候来的？我已经躺了多少时候？——今天是礼拜天！我们整天匆匆忙忙的干什么呢？有什么了不得的事情非做不可呢？——记住送衣服去洗！再不洗不行了，这是最后一件衬衫。今天邮局关得早，我得去寄信。现在——表在口袋里，一定还不到八点罢。邮局四点才关。可是时间不知道怎么就过去了。"吃饭的时候"……"洗脸的时候"……从哪里过去了？——

不，今天是礼拜天，杨柳、鸽子、教堂的钟声，教堂的钟声一点也不感动我，我很麻木，没有办法！——今天早晨我看见一棵凤仙花。我还是什么时候看见凤仙花的？凤仙花感动我。早安，凤仙花！澡盆里抽烟总不大方便。烟顶容易沾水，碰一碰就潮了。最严重的失望！把一个人的烟卷浇上水是最残忍的事。很好，我的烟都很好，齐臻臻地排在盒子里，挺直、饱满、有样子。劄，劄，劄，抽出来一支，——舒服！……水是可怕的，不可抵抗、妖法，我沉下去，散开来，融化了。啊——现在只有我的头还没有湿透，里头有许多空隙，可是与我的身体不相属，有点畸零，于是很重。我的身体呢？我的身体已经离得我很遥远了，渺茫了，一个渺茫的记忆，害过脑膜炎抽空了脊髓的痴人的，又固执又空洞。一个空壳子，枯索而生硬，没有汁水，只是一个概念了。我睡了，睡着了，垂着头，来不及说一句话。

我的耳朵底子有点痒，啊呀痒，痒得我不由自主地一摇头。水摇在我的身体里顶秘奥的地方。是水，是——一只知了叫起来，在那棵大树上（槐树，太阳映得叶子一半透明了），在凤仙花上，在我的耳朵里叫起来。无限的一分钟过去了。今天是礼拜天。可怜虫亦可以休矣，都秋天了。邮局四点关门。我好像很高兴，很有精神，很新鲜。是的，虽然我似乎还不大真实。可是我得从水里走出来了。我走出来，走出来了。我的音乐呢？我的音乐还没有凝结。我不等了。

可是我站在我睡着的身上拧毛巾的时候我完全在另一个世界里了。我不知道今天怎么带上两条毛巾，我把两条毛巾裹在一起拧，毛巾很大。

你有过？……一定有过！我们都是那么大起来的，都曾经拧不动毛巾过。那该是几岁上？你的母亲呢？你母亲留给你一些什么记忆？祝福你有好母亲。我没有，我很小就没有母亲。可是我觉得别人给我们洗脸举动都很粗暴。也许母亲不同，母亲的温柔不尽且无边。除了为了虚荣心，很少小孩子不怕洗脸的。不是怕洗脸，怕唤起遗忘的惨切经验，推翻了推翻过的对于人生的最初的认识。无法推翻的呀，多么可悲的认识。每一个小孩子都是真正的厌世家。只有接受不断的现实之后他们才活得下来。我们打一开头就没有被当作一回事，于是我们只有坚强，而我们知道我们的武器是沉默。一边我们本着我们的人生观，我们恨着，一边尽让粗蠢的、野蛮的、没有教养的手在我们脸上蹂躏，把我们的鼻子搓来搓去，挖我们的鼻孔，掏我们的耳朵，在我们的皮肤上发泄他们一生的积怨，我们的颌骨在瓷盆边上不停地敲击，我们的脖子拼命伸出去，伸得酸得像一把咸菜，可是我们不说话。喔，祝福你们有好母亲，我没有，我给从来不给我洗脸的人一毫感激。我高兴我没有装假。是的，我是属于那种又柔弱又倔强的性情的。在胰子水辣着我的眼睛，剧烈的摩擦之后，皮肤紧张而兴奋的时候我有一种英雄式的复仇意识，准备什么都咽在肚里，于是，末了，总有一天，手巾往脸盆里一掼："你自己洗！"

我看到那个老式的硬木洗脸桌子。形制安排得不大调和。经过这么些时候的折冲，究竟错误在哪一方面已经看不出来了，只是看上去未免僵窘。后面伸起来一个屏架，似乎本是配更大一号的桌子的。几根小圆柱子支住繁重的雕饰。松鼠葡萄。我永远忘不了松鼠的太尖的嘴，身上粗略的几笔象征的毛，一个厚重的尾巴。右边的一只，一个代表。每天早晨我都看它一次。葡萄总是十粒一串，排列是四，三，二，一。每粒一样大。我清清楚楚记得那张桌子的木质，那些纹理，只要远远地让我看到不拘哪里一角我就知道。有时太阳从镂空的地方透过来，斜落在地板上，被来往的人体截断，在那个白地印蓝花的窗帘拉起来的时候。我记得那个厚磁的肥皂缸，不上釉的牙口摩擦的声音；那些小抽屉上的铜叶瓣，时常"的的的"自己敲出声音，地板有点松了；那个嵌在屏架上头的椭圆形大镜子，除了一块走了水银的灰红色云瘢之外什么都看不见。太高了，只照见天花板。——有时爬在凳子上，我们从里头看见这间屋子的某部分的一个特写。我仿佛又在那个坚实、平板，充满了不必要的家具的大房间里了。我在里头住了好些年，一直到我搬到学校的宿舍里去寄宿。……有一张老式的"玻璃灯"挂在天花板上。周围垂下一圈坠子，非常之高贵的颜色。琥珀色的、玫瑰红的、天蓝的、透明的。——透明也是一种颜色。蓝色很深，总是最先看到。所以我有时说及那张灯只说"垂着蓝色的玻璃坠子，"而我不觉得少说了什么。明澈，——虽然落上不少灰尘了，含蓄，不动。是的，从来没有一个时候现出一点不同的样子。有一天会被移走么？——喔，完全不可想象的事。就是这么永远的寂然的结挂在那个老地方，深藏，固定，在我童年生活过来的朦胧的房屋之中。——从来没有点过。

我想到那些木格窗子了，想到窗子外的青灰墙，墙上的漏痕，青苔气味，那些未经一点剧烈的伤残，完全天然的销蚀的青灰，露着非常的古厚和不可挽救的衰索之气。我想起下雨之前。想起游丝无力的飘转。想起……可是我一定得穿衣服了。我有点腻。——我喜欢我

的这件衬衫。太阳照在我的手上，好干净。今天似乎一切都会不错的样子。礼拜天？我从心里欢呼出来。我不是很快乐么？是的，在我拧手巾的时候我就知道我很快乐。我想到邮局门前的又安静又热闹的空气，非常舒服的空气，生活——而抽一根烟的欲望立刻湮没了我，像潮水湮没了沙滩。我笑了。

一九四八年九月

初识楠溪江

楠溪江在浙江温州永嘉县。永嘉的出名是因为谢灵运。谢灵运曾为永嘉太守，于永嘉山水，游历殆遍。谢灵运是中国山水诗的鼻祖，那么永嘉可以说是山水诗的摇篮，永嘉山水之美可以想见。永嘉山水之美在楠溪江。然而世人知永嘉，知楠溪江者甚少。楠溪江一九八八年经国务院批准为国家级风景名胜区。全国列入国家级风景区者共四十二处，楠溪江是其中之一。然而楠溪江之名犹不彰，养在深闺人未识。

我们应温州市、永嘉县之邀，到永嘉去了一趟。游楠溪江，实只三天。匆匆半面，很难得其仿佛。但是我可以负责地向全世界宣告：楠溪江是很美的。

九级瀑

九级瀑在大若岩景区。大若岩旧写作大箬岩，"箬"不知道什么时候省写成"若"，我觉得还是恢复原字为好，何必省去不多的笔画呢？箬是矮棵的竹子，叶片甚大，可以包粽子，衬斗笠。我在井冈山看到过这种箬竹，很好看的。即名为大箬岩，可以有意识地多种一点这种竹子。

　　九级瀑不像黄果树和镜泊湖瀑布，以其雄壮宏伟摄人心魄；不像大龙湫一样因为飞流直下三千尺而使人目眩。九级瀑之奇在瀑有九级。我在云南腾冲看过"三跌水"，瀑水三叠，已经叹为观止。像这样九级瀑布，实为平生所未见。九级瀑不是一瀑九级，是九条瀑布。九瀑源流，当是一脉，但是一瀑一形，一瀑一景，段落分明，自成首尾。在二三公里、一二小时的游程中，能连续看到九瀑，全世界大概再也找不出来。

　　九级瀑景点还没有定名。导游的同志希望作家起个名字，永嘉籍作家陈惠方征求我的意见，我想了想，说："就叫'九叠飞瀑'吧。"本地人把瀑布叫做"瀑"字，一般字典上没有，但是朱自清先生的《白水瀑》一文中已经用过这个字。用"瀑"，有点地方特点。温州籍作家林斤澜稍一沉吟，说："挺好。"有人提出为每个瀑取个名字，我和斤澜商量了一下，觉得以瀑形取名，把游客的想象框死了，不如就照本地习惯，叫做"一瀑"、"二瀑"、"三瀑"……斤澜深以为然。下山吃饭的时候，旁边的桌上已经摆好了宣纸笔墨，叫把这四个字写下来。横竖各写了一条。

　　作九瀑歌：

　　　　瀑水来天上，

　　　　依山为九叠。

　　　　源流一脉通，

　　　　风景各异域。

　　　　或如匹练垂，

万古流日夕。

或分如燕尾，

左右各一撇。

或轻如雾縠，

随风自摇曳。

或泻入深潭，

潭水湛然碧。

或落石坝上，

淘然喷玉屑。

或藏岩隙中，

窗如云中月。

信哉永嘉美，

九漈皆奇绝。

出九级瀑，右折，为陶公洞，传是陶弘景隐居著书处。

陶弘景是中国道教史上的一个重要人物。他的思想很复杂，其源出于老庄，又受葛洪的神仙道教影响。他本是读书人，是儒家，做过官，仕齐拜左卫殿中将军，入梁，隐居不仕。他又吸取了佛教的某些观点。从他身上可以看出儒、释、道思想的互相渗透。他是药物学家，所著《本草经集注》收药物七百三十种。他是书法家，擅长草隶行书。他还是个诗人。他的《诏问山中何所有》是中国诗歌史上杰出的名篇：

山中何所有？

岭上多白云。

只可自怡悦，

不堪持赠君。

这四句诗毫无齐梁诗的绮靡习气，实开初唐五言绝句的先河，一个人一生留下这样四句诗，也就可以不朽了。

陶公洞是个可以引人低徊向往的地方。陶弘景是值得纪念的人物，陶公洞内部应该收拾得更像样一些。现在洞里的情形实在不大好，有点乌烟瘴气。

永恒的船桅

石桅岩在鹤盛乡下岙村北。

下汽车，沿卵石路往下，上船。水不深，很平静，很清，而颜色绿如碧玉。夹岸皆削壁，回环曲折。群峰倒影映入水中，毫发不爽。船行影上，倒影稍稍晃动。船过后，即又平静无痕。是为"小三峡"。有人以为"小三峡"这个名字不好，叫做"小三峡"的地方太多了，而且也不像三峡。提出改一个名字。中国的"小三峡"确实不少，都不怎么像。"小三峡"嘛，哪能跟三峡一样呢，有那么一点三峡的意思就行了。一定要改一个名字，可以叫做"三峡小样"。但我看可以不必费那个事。"小三峡"，挺好，大家已经叫惯了。

小三峡两边山上树木葱茏，无隙处。偶见红树，鲜红鲜红，不是枫树，也不是乌桕，问问本地人，说这是野漆树。

我们坐的船，轻轻巧巧，一头尖翘。问林斤澜："这也是舴艋舟么？"斤澜说："也算。"幼年读李清照词："闻说双溪春尚好，也拟泛轻舟。只恐双溪舴艋舟，载不动许多愁"，以为"舴艋"只是个比喻。斤澜小说中也提到舴艋舟，我以为是承袭了李清照的词句。没想到这是个实体，永嘉把这种船就叫做舴艋舟。一般的舴艋舟比我们所坐的要小得多，只能容三四人(我们的船能坐二十人)，样子很像蚱蜢。永嘉人所说的蚱蜢是尖头，绿色鞘翅，鞘翅下有桃红色膜翅的那一种，北京人把这种蚱蜢叫做"挂大扁儿"。我以为可以选一处舴艋舟较多的水边立一块不很大的石碑，把李清照的这首《武陵春》刻在上面(李清照曾流寓温州，可能到过永嘉)。字最好请一个女书法家来写，能填词的更好。

出小三峡，走一段卵石纵横的路(实是在卵石滩上踏出一条似有若无的路)，又遇一片水，渡水至岸，有钢梯，蹑梯而上，至水仙洞。稍憩，出洞沿石级至峰顶。峰顶有野树一株，向内欹偃，极似盆景。树干不粗，而甚道劲，树根深深扎进岩石中，真可谓"咬定青山"。迈过这棵大盆景，抚树一望，对面诸峰，争先恐后，奔奔沓沓，皆来相就。

首当其冲的山峰，状如巨兽，曰"麒麟送子"。或以为"麒麟送子"名不雅驯，拟改之为"驼峰"，以其形状更像一头奔跑而来的骆驼，我觉得也不必，天下山峰似骆驼而名为驼峰者多矣。山名与其求其形似，不如求其神似。"麒麟送子"好处在一"送"字。

沿石级而下，复至水仙洞略坐，洞不很大，可容二三十人。洞之末端渐狭小，有一个歪歪斜斜的铁烛架，算是敬奉水仙之处了。

据传，水仙是一少女，生前为人施药治病，后仙去，乡人为纪念她，名此洞曰水仙洞。水仙洞不在水边，却在山顶。既在山顶，仍叫水仙。这是很有意思的。

我建议把水仙洞稍稍整治一下，在洞之末端凿出一个拱顶的小龛，内供水仙像。水仙像可向福建德化订制，白瓷，如"滴水观音"瓷像那样，形貌亦可略似观音，亦可持瓶滴水，但宜风鬟雾鬓，萧萧飒飒，不似观音那样庄肃。像不必大，二三尺即可。

作《水仙洞歌》：

往寻水仙洞。

却在山之巅。

想是仙人慕虚静，

幽居不欲近人寰。

朝出白云漫浩浩，

暮归星月已皎然。

不识仙人真面目，

只闻轻唱秋水篇。

在水仙洞口待渡（船工回家吃饭去了），至对岸，稍左，即石桅岩。"石"与"桅"本不相干，但据说多年来就是这样叫的，是老百姓起的名字，起名字的百姓，有点禅机。听说从某一角度看，是像船桅的，但从我们立足处，看不出，只觉得一尊巨岩，拔地而起。岩是火成花岗岩，岩面浅红色，正似中国山水画里的"浅绛"。岩净高306米，巍然独立。四面诸峰不敢与之比高（诸峰皆只200米左右），只能退避，但于远处遥望，尽其仰慕惶恐之忱。石桅岩通体皆石，岩顶石隙，亦生草木，远视之，但如毛发瘰疬而已。曾经有小伙子攀到山顶，伐倒几棵大树，没法运下岩，就心生一计，把树解为几段，用力推下，下岩一看，都已摔成碎片。

石桅岩之南，有一片很大的草坪，地极平，草很干净。在高岩乱石之间有这么一片天然草坪，也很奇怪。我们几个上了岁数的，在草坪上野餐了一次（年轻人都爬过后山到农民家去吃饭去了）。煮芋头、炖番薯、炒米粉、红烧山鸡（山里养的鸡），饮农家自制的老酒，陶然醉饱。

作《石桅铭》：

> 石桅停泊，
>
> 历千万载。
>
> 阅几沧桑，
>
> 青颜不改。

传家耕读古村庄

参观苍坡村。楠溪多古村，苍坡是其一。这是一个"宋村"。原名苍墩，绍熙间为避光宗赵惇之讳而改。现在的木结构的寨门建于建炎二年，有志可查。国师李时日题寨门的对联"四壁青山藏虎豹，双池碧水贮蛟龙"至今犹在。苍坡建村，是有一个总体设计的，其构思是：文房四宝。村中有长方形的水池，是砚，池边有长石条，是墨（石条想是为了便于村民憩喝），石条外有一条横贯全村的笔直的砖街，是笔，——一个村里有这样一条笔直笔直的街，我还从未见过。可以说，这是我所见过的最直的街。整个村子是方的，是为纸。这样的设计，关涉到"风水"，无非是希望村里多出达官文人。红卫兵小将如果知道，一定会大骂一声："封建！"但是整个村却因此而变得整齐爽朗，使人眼目明快。这个村没有遭到红卫兵的破坏，也许就因为风水好。

我见过一些古村民居，比如皖南的黟县。这里的民居设计和黟县大不相同。黟县古民居多是连院、高墙、小天井、小房间、小窗。窗棂雕刻精细，涂朱漆，勾金边，但采光很不好，卧房里黑洞洞的。所有建筑显得很拘谨，很局促。苍坡村的民居多木石结构，木构暴露，多为本色，薄墙充填，屋顶出檐大，显得很自由，很开阔，很豁达。这反映出两种不同的文化心理。黟县民居反映了商业社会文化。黟县民居格局，正与此种守成思想一致。苍坡民居则表现出一种耕读社会的文化。楠溪江畔一些村落宗谱族规都有类似词句："读可荣身，耕可致富。勿游手好闲，自弃取辱。少壮荡废，老悔莫及"。永嘉文风极盛，志称"王右军导以文教，谢康乐继之，乃知向方"。因为长时期的熏陶，永嘉人的文化素质是比较高的。"人生其地者皆慧中而秀外，温文而尔雅"。这种秀外慧中、温文尔雅的风度，到今天，我们还能在楠溪江人身上感受得到。想要了解中国耕读社会文化形态，楠溪江古村，是仍然具有生命力的标本。

楠溪江村外多有路亭。路亭是村民歇脚、纳凉、闲谈、听剧曲道情的地方，形制各异，而皆幽雅舒畅。路亭是楠溪江沿岸风光的很有特点的点缀。

楠溪江村头常有一两棵木芙蓉，永嘉土壤气候于木芙蓉也许特别适宜。我在上塘街边看到一棵芙蓉，主干有大碗口粗，有二屋楼高，满树繁花，浅白殷红，衬着巴掌大的绿叶，十分热闹。芙蓉是灌木，永嘉的芙蓉却长成了大树，真是岂有此理！听永嘉人说，永嘉过去种芙蓉，是为了取其树皮打草鞋，现在穿草鞋的少了，芙蓉也种得少了。应该多种。我向永嘉县领导建议，可考虑以芙蓉为永嘉县花。听说温州已定芙蓉为市花，不禁怃然。后到温州，闻温州市花是茶花，不是芙蓉，那么芙蓉定为永嘉县花还是有希望的。但愿我的希望能成为现实。

赞苍坡村：

> 村古民朴，
>
> 天然不俗，
>
> 秀外慧中，
>
> 渔樵耕读。

清清楠溪水

嘉陵江被污染了，漓江被污染了，即武夷山九曲溪也不能幸免，全国唯一的一条真正没有被污染的江，只有楠溪江了。永嘉人呀，你们千万要把楠溪保护好，为了全国人民的眼睛，拜托了！

楠溪江水质纯净，经化验，符合国家一级标准，无论在哪里，舀起一杯楠溪水，你可以放心地喝下去，绝不会闹肚子。水是透明的。水中含沙量很少，即使是下了暴雨，江水微浑，过两三天，又复透明如初。透明到一眼可以看到江底。江底卵石，历历可数，江宽而浅。浅处只有一米。偶有深潭，也只有几米。江水平静，流速不大，但很活泼，不呆板。江水下滩，也有浪花，但不汹涌。过滩时竹筏工并不警告乘客"小心"。偶有大块卵石阻碍航路，筏工卷裤过膝，跳进水中，搬开石头，水即畅流，他即一步上筏，继续撑篙，若无其事。他很泰然，你也不必紧张，尽管踏踏实实地在竹椅上坐着。

　　乘坐竹筏，在楠溪江上漂上个把小时，真是绝妙的享受。我在武夷山九曲溪坐过竹筏，一来，九曲溪和武夷山互为宾主，人在竹筏上，注意力常在岸上的景点，仙人晒布、石虾蟆……左顾右盼，应接不暇，不能全心感受九曲溪。二来，九曲溪航程太短，有点像南宋瓦子里的"唱赚"，正堪美听，已到煞尾，不过瘾。楠溪江两岸都是滩林。滩林很美，但很谦虚，但将一片绿，迎送往来人，甘心作为楠溪江的陪衬，绝不突出自己。似乎总在对人说："别看我，看江！"楠溪水程很长，有一百多公里。我们在江上漂了三个小时，如果不是因天黑了，还能再漂一个多小时，真是尽兴。在楠溪竹筏上漂着，你会觉得非常轻松，无忧无虑，一切烦恼委屈油盐柴米，全都抛得远远的，你会不大感觉到自己的体重。大胖子也会感到自己不胖。来吧，到楠溪江上来漂一漂，把你的全身、全心都交给这条温柔美丽的江。来吧，来解脱一次，溶化一次，当一回神仙。来吧！来！

　　作《楠溪之水清》：

> 楠溪之水清，
>
> 欲濯我无缨。
>
> 虽则我无缨，
>
> 亦不负尔情。
>
> 手持碧玉杓，
>
> 分江入夜瓶。
>
> 三年开瓶看，
>
> 化作青水晶。

一九九一年十一月二十日

沽源

　　沙岭子农业科学研究所派我到沽源的马铃薯研究站去画马铃薯图谱。我从张家口一清早坐上长途汽车，近晌午时到沽源县城。

　　沽源原是一个军台。军台是清代在新疆和蒙古西北两路专为传递军报和文书而设置的邮驿。官员犯了罪，就会被皇上命令"发往军台效力"。我对清代官制不熟悉，不知道什么品级的官员，犯了什么样的罪名，就会受到这种处分，但总是很严厉的处分，和一般的贬谪不同。然而据龚定庵说，发往军台效力的官员并不到任，只是住在张家口，花钱雇人去代为效力。我这回来，是来画画的，不是来看驿站送情报的，但也可以说是"效力"来了，我后来在带来的一本《梦溪笔谈》的扉页上画了一方图章："效力军台"，这只是跟自己开开玩笑而已，并无很深的感触。我戴了"右派"分子的帽子，只身到塞外——这地方在外长城北侧，可真正是"塞外"了——来画山药（这一带人都把马铃薯叫作"山药"），想想也怪有意思。

　　沽源在清代一度曾叫"独石口厅"。龚定庵说他"北行不过独石口"，在他看来，这是很北的地方了。这地方冬天很冷。经常到口外揽工的人说："冷不过独石口。"据说去年下了一场大雪，西门外的积雪和城墙一般高。我看了看城墙，这城墙也实在太矮了点，像我这样的个子，一伸手就能摸到城墙顶了。不过话说回来，一人多高的雪，真够大的。

这城真够小的。城里只有一条大街。从南门慢慢地溜达着，不到十分钟就出北门了。北门外一边是一片草地，有人在套马；一边是一个水塘，有一群野鸭子自自在在地浮游。城门口游着野鸭子，城中安静可知。城里大街两侧隔不远种一棵树——杨树，都用土墼围了高高的一圈，为的是怕牛羊啃吃，也为了遮风，但都极瘦弱，不一定能活。在一处墙角竟发现了几丛波斯菊，这使我大为惊异了。波斯菊昆明是很常见的。每到夏秋之际，总是开出很多浅紫色的花。波斯菊花瓣单薄，叶细碎如小茴香，茎细长，微风吹拂，姗姗可爱。我原以为这种花只宜在土肥雨足的昆明生长，没想到它在这少雨多风的绝塞孤城也活下来了。当然，花小了，更单薄了，叶子稀疏了，它，伶仃萧瑟了。虽则是伶仃萧瑟，它还是竭力地放出浅紫浅紫的花来，为这座绝塞孤城增加了一分颜色，一点生气。谢谢你，波斯菊!

我坐了牛车到研究站去。人说世间"三大慢"：等人、钓鱼、坐牛车。这种车实在太原始了，车轱辘是两个木头饼子，本地人就叫它"二饼子车"。真叫一个慢。好在我没什么急事，就躺着看看蓝天；看看平如案板一样的大地——这真是"大地"，大得无边无沿。

我在这里的日子真是逍遥自在之极。既不开会，也不学习，也没人领导我。就我自己，我大概吃过几十种不同样的马铃薯。据我的品评，以"男爵"为最大，大的一个可达两斤；以"紫土豆"味道最佳，皮色深紫，薯肉黄如蒸栗，味道也似蒸栗；有一种马铃薯可当水果生吃，很甜，只是太小，比一个鸡蛋大不了多少。

沽源盛产莜麦。那一年在这里开全国性的马铃薯学术讨论会，与会专家提出吃一次莜面。研究站从一个叫"四家子"的地方买来坝上最好的莜面，比白面还细，还白；请来几位出名的做莜面的媳妇来做。做出了十几种花样，除了"搓窝窝""搓鱼鱼""猫耳朵"，还有最常见的"压饸饹"，其余的我都叫不出名堂。蘸莜面的汤汁也极精彩，羊肉口蘑潲（这个字我始终不知道怎么写）子。这一顿莜面吃得我终生难忘。

夜雨初晴，草原发亮，空气闷闷的，这是出蘑菇的时候。我们去采蘑菇。一两个小时，可以

夜雨初晴 草原发亮 空气闷闷的，这是出蘑菇的时候。

谢谢你，波斯菊！

采一网兜。回来，用线穿好，晾在房檐下。蘑菇采得，马上就得晾，否则极易生蛆。口蘑干了才有香味，鲜口蘑并不好吃，不知是什么道理。我曾经采到一个白蘑。一般蘑菇都是"黑片蘑"，菌盖是白的，菌摺是紫黑色的。白蘑则菌盖菌摺都是雪白的，是很珍贵的，不易遇到。年底探亲，我把这只亲手采的白蘑带到北京，一个白蘑做了一碗汤，孩子们喝了，都说比鸡汤还鲜。

有一次，我一个人走出去，走得很远，忽然变天了，天一下子黑了下来，云头在天上翻滚，堆着，挤着，绞着，拧着。闪电熠熠，不时把云层照透。雷声轰隆，接连不断，声音不大，不是霹雷，但是浑厚沉雄，威力无边。我仰天看看凶恶奇怪的云头，觉得这真是天神发怒了。我感觉到一种从未体验过的恐惧。我一个人站在广漠无垠的大草原上，觉得自己非常的小，小得只有一点。

　　我快步往回走。刚到研究站，大雨下来了，还夹有雹子。雨住了，却又是一个很蓝很蓝的天，阳光灿烂。草原的天气，真是变化莫测。

　　天凉了，我没有带换季的衣裳，就离开了沽源。剩下一些没有来得及画的薯块，是带回沙岭子完成的。

　　我这辈子大概不会再有机会到沽源去了。

　　　　　　　　　　　　　　　　　　　　　　　一九九○年

沙岭子

我曾在沙岭子农业科学研究所下放劳动过四个年头——一九五八年至一九六一年。

沙岭子是京包线宣化至张家口之间的一个小站。从北京乘夜车，到沙岭子，天刚刚亮。从车上下来十多个旅客，四散走开了。空气是青色的。下车看看，有点凄凉。我以后请假回北京，再返沙岭子，每次都是乘的这趟车，每次下车，都有凄凉之感。

这是一个极其普通的小车站。四年中，我看到它无数次了，它总是那样。四年不见一点变化。照例是涂成浅黄色的墙壁，灰色板瓦盖顶，冷清清的。

靠站的客车一天只有几趟。过境的货车比较多。往南去的常见的是大兴安岭下来的红松。其次是牲口，马、牛，大概来自坝上或内蒙古草原。这些牛马站在敞顶的车厢里，样子很温顺。往北去的常有现代化的机器，装在高大的木箱里，矗立着。有时有汽车，都是崭新的。小汽车的车头爬在前面小车的后座上，一辆搭着一辆，像一串甲虫。

运往沙岭子到站的货物不多。有时甩下一节车皮，装的是铁矿砂。附近有一个铁厂。铁矿砂堆在月台上。矿砂运走了，月台被染成了紫红色；有时卸一车石灰，月台就被染得雪白的。紫颜色、白颜色，被人们的鞋底带走了，过不几天，月台又恢复了原先的浅灰的水泥颜色。

从沙岭子起运的，只有石头。东边有一个采石场——当地叫作"片石山"，每天十一点半钟放炮崩山。山已经被削去一半了。

农科所原来的房子很好，疏疏朗朗，布置井然。迎面是一排青砖的办公室，整整齐齐。办公室后是一个空场。对面是种子仓库，房梁上挂了很多整株的作物良种。更后是食堂，再后是猪舍。东面是职工宿舍，有两间大的是单身合同工住的，每间可容三十人。我就在东边一间的一张木床上睡了将近三年，直到摘了"右派"帽子，结束劳动后，才搬到干部宿舍里，和一个姓陈的青年技术员合住一间。种子仓库西边有一条土路，略高出于地面。路之西，有一排矮矮的圆锥形的谷仓，状如蘑菇，工人们就叫它为"蘑菇仓库"，是装牲口饲料玉米豆的。蘑菇仓库以西，是马号。更西，是菜园、温室。农科所的概貌尽于此。此外，所里还有一片稻田，在沙岭子堡（镇）以南；有一片果园，在车站南。

头两年参加劳动，扎扎实实地劳动。大部分农活我差不多都干过。除了一些全所工人一齐出动的集中的突击性的活，如插秧、锄地、割稻子之外，我相对固定在果园干活。

我就这样在沙岭子度过了四个年头。

　　一九八三年，我应张家口市文联之邀，去给当地青年作家讲过一次课。市文联的两个同志是曾和我同时下放沙岭子农科所劳动过的，他们为我安排的活动，自然会有一项：到沙岭子看看。吉普车开到农科所门前，下车看看，可以说是面目全非。盖了一座办公楼，是灰绿色的。我没有进去，但是觉得在里面办公是不舒服的，不如原先的平房宽敞豁亮。楼上下来一个人，是老王，我们过去天天见。老王见我们很亲热。他模样未变，但是苍老了。他说起这些年的人事变化，谁得了癌症；谁受了刺激，变得糊涂了；谁病死了；谁在西边一棵树上了吊死了。说不清是什么原因。他说起所里"文化大革命"的一些情况，说起我画的那套马铃薯图谱在"文化大革命"中毁了，很可惜。我在的时候，他是大学刚刚毕业，现在大概是室主任了。那时他还没有结婚，现在女儿已经上大学了。真是"昔别君未婚，儿女忽成行"。他原来是个很精神的小伙子，现在说话却颇有不胜沧桑之感。

　　老王领我们到后面去看看。原来的格局已经看不出多少痕迹。种子仓库没有了，蘑菇仓库没有了。新建了一些红砖的房屋，横七竖八。我们走到最后一排，是木匠房。一个木匠在干活，是小王！我住在工人集体宿舍的时候，小王的床挨着我的床。我在的时候，所里刚调他去学木匠，现在他已经是四级工，带两个徒弟了。小王已经有两个孩子。他说起他结婚的时候，碗筷还是我给他买的，锁门的锁也是我给他买的，这把锁他现在还在用着。这些，我可一点不记得了。

　　我们到果园看了看。果园可是大变样了。原来是很漂亮的，葱葱茏茏，蓬蓬勃勃。那么多的梨树。那么多的苹果。尤其是葡萄，一行一行，一架一架，整整齐齐，真是蔚为大观。葡萄有很多别处少见的名贵品种：白香蕉、柔丁香、秋紫、金铃、大粒白、白拿破仑、黑罕、巴勒斯坦……现在，全都不见了。果园给我的感觉，是荒凉。我知道果树老了，需要更新，但何至于砍伐成这样呢？有一些新种的葡萄，才一人高，挂了不多的果。

遇到一个熟人，在给葡萄浇水。我想不起他的名字了。他原来是猪倌，后来专管"下夜"，即夜间在所内各处巡看。这是个窝窝囊囊的人，好像总没有睡醒，说话含糊不清，而且他不爱洗脸。他的老婆跟他可大不一样，身材颀长挺拔，而且出奇的结实，我们背后叫她阿克西尼亚。老婆对他"死不待见"。有一天，我跟他一同下夜，他走到自己家门口，跟我说："老汪，你看着点，俺去闹渠一棰。"他是柴沟堡人。那里人说话很奇怪，保留了一些古音。"俺"

71

即我（像客家话），"渠"即她（像广东话）。他进了屋，老婆先是不答应，直骂娘。后来没有声音。待了一会儿，他出来了，继续下夜。我见了他，不禁想起那回事，问老王："他老婆还是不待见他吗？"老王说："他们已经有了两个孩子了。"我很想见见阿克西尼亚，不知她现在是什么样子。

去看看稻田。

稻田挨着洋河。洋河相当宽，但是常常没有水，露出河底的大块卵石。水大的时候可以齐腰。不能行船，也无需架桥。两岸来往，都是徒涉。河南人过来，到河边，就脱了裤子，顶在头上，一步一步蹚着水。因此当地人揶揄道："河南汉，咯吱咯吱两颗蛋。"

河南地薄而多山。天晴时，在稻田场上可以看到河南的大山，山是干山，无草木，山势险峻，皱皱褶褶，当地人说："像羊肚子似的。"形容得很贴切。

稻田倒还是那样。地块、田埂、水渠、渠上的小石桥、地边的柳树、柳树下一间土屋，土屋里有供烧开水用的锅灶，全都没有变。二十多年了，好像昨天我们还在这里插过秧，割过稻子。

稻田离所里比较远。到稻田干活，一般中午就不回所里吃饭了，由食堂送来。都是蒸莜面饸饹，疙瘩白熬山药，或是一人一块咸菜。我们就攥着饸饹狼吞虎咽起来。稻田里有很多青蛙。有一个同我们一起下放的同志，是浙江人。他捉了好些青蛙，撕了皮，烧一堆稻草火，烤田鸡吃。这地方的人是不吃田鸡的，有几个孩子问："这东西好吃？"他们尝了一个："好吃好吃！"于是七手八脚提了好多，大家都来烤田鸡，不知是谁，从土屋里翻出一碗盐，烤田鸡蘸盐水，就

我只是觉得这一代的人都糊里糊涂地老了。是可悲也。

莜面，真是美味。吃完了，各在柳荫下找个地方躺下，不大一会，都睡着了。

在水渠上看见渠对面走来两个女的，是张素花和刘美兰。我过去在果园经常跟她们一起干活。我大声叫她们的名字。刘美兰手搭凉棚望了一眼，问："是不是老汪？"

"就是！"

"你咋会来了？"

"来看看。"

"一下来家吃饭。"

"不了，我要回张家口，下午有个会。"

"没事儿来！"

"来！——你和你丈夫还打架吗？"

刘美兰和丈夫感情不好，丈夫常打她，有一次把她的小手指都打弯了。

"俚都当了奶奶了！"

刘美兰和张素花不知道说了什么，两个人嘻嘻笑着，走远了。

重回沙岭子，我似乎有些感触，又似乎没有。这不是我所记忆、我所怀念的沙岭子，也不是我所希望的沙岭子。然而我所希望的沙岭子又应是什么样子的呢？我也说不出。我只是觉得这一代的人都糊里糊涂地老了。是可悲也。

一九九〇年

四川杂忆

四川是个好地方。

四川的气候好，多雾，雾养百谷；土好，不需要怎么施肥。在一块岩石上甩几坨泥巴，硬是能长出一片胡豆。这不是夸张想象，是亲眼目睹。我们剧团的一个演员在汽车里看到这奇特情景，招呼大家："快来看！石头上长蚕豆！"

成都

在我到过的城市里，成都是最安静，最干净的。在宽平的街上走走，使人觉得很轻松，很自由。成都人的举止言谈都透着悠闲。这种悠闲似乎脱离了时代。以致何其芳在抗日战争时期觉得这和抗战很不协调，写了一首长诗：《成都，让我来把你摇醒》。

成都并不总是似睡不醒的。"文化大革命"中也很折腾了一气。我六十年代初、七十年代、八十年代，都到过成都。最后一次到成都，成都似乎变化不大，但也留下一些"文化大革命"的痕迹。最明显的原来市中心的皇城叫刘结挺、张西挺炸掉了。当时写了一首诗：

> 柳眠花重雨丝丝，
>
> 劫后成都似旧时。
>
> 独有皇城今不见，
>
> 刘张霸业使人思。

武侯祠大概不是杜甫曾到过的武侯祠了，似乎也不见霜皮溜雨、黛色参天的古柏树，但我还是很喜欢现在的武侯祠。武侯祠气象森然，很能表现武侯的气度。这是我所到过的祠堂中最好的。这是一个祠，不是庙，也不是观，没有和尚气、道士气。武侯塑像端肃，面带深思。两廊配享的蜀之文武大臣，武将并不剑拔弩张，故作威猛，文臣也不那么飘逸有神仙气，只是一些公忠谨慎的国之干城，一些平常的"人"。武侯祠的楹联多为治蜀的封疆大员所撰写，不是吟风弄月的名士所写，这增加了祠的典重。毛主席十分欣赏的那副长联："能攻心则反侧自消，自古知兵非好战；不审势即宽严皆误，后来治蜀要深思。"确实写得很得体，既表现了武侯的思想，也说出撰联大臣的见识。在祠堂对联中，可算得是写得最好的。

我不喜欢杜甫草堂，杜甫的遗迹一点也没有，为秋风所破的茅屋在哪里？老妻画纸、稚子敲针在什么地方？杜甫在何处看见细雨鱼儿出、微风燕子斜？都无从想象。没有桤木，也没有大邑青瓷。

眉山

三苏祠即旧宅为祠。东坡文云："家有五亩之园"，今略广，占地约八亩。房屋疏朗，三径空阔，树木秀润，因为是以宅为祠，使人

有更多的向往。廊子上有一口井，云是苏氏旧物，现在还能打得上水来。井以红砂石为栏，尚完好。大概苏家也不常用这个井，否则，红砂石石质疏松，是会叫井绳磨出道道的。园之右侧有花坛，种荔枝一棵。据说东坡离家时，乡人栽了一棵荔枝，要等他回来吃。苏东坡流谪在外，终于没有吃到家乡的荔枝。东坡酷嗜荔枝，日啖三百颗，但那是广东荔枝。从海南望四川，连"青山一发"也看不见。"不辞长作岭南人"，其言其实是酸苦的。当年乡人所种的荔枝，早已枯死，后来补种了几次，现存的一棵据说是明代补种的，也已经半枯了，正在设法抢救。祠中有个陈列室，搜集了苏东坡集的历代版本，平放在玻璃橱里。这一设计很能表现四川人的文化素养。

离眉山，往乐山，车中得诗：

当日家园有五亩，

至今文字重三苏。

红栏旧井犹堪汲，

丹荔重栽第几株？

乐山

大佛的一只手断掉了，后来补了一只。补得不好，手太长，比例不对。又耷拉着，似乎没有筋骨。一时设计不到，造成永久的遗憾。现在没有办法了，又不能给他做一次断手再植的手术，只好就这样吧。

走尽石级，将登山路，迎面有摩崖一方，是司马光的字。司马光的字我见过他写给修《资治通鉴》的局中同人的信，字方方的，笔画颇细瘦。他的大字我还没有见过，字大约七寸，健劲近似颜体。文曰：

登山亦有道 徐行则不踬　　司马光

我每逢登山，总要想起司马光的摩崖大字。这是见道之言，所说的当然不只是登山。

洪椿坪

峨眉山风景最好的地方我以为是由清音阁到洪椿坪的一段山路。一边是山，竹树层叠，蒙蒙茸茸。一边是农田。下面是一条溪，溪水从大大小小黑的、白的、灰色的石块间夺路而下，有时潴为浅潭，有时只是弯弯曲曲的涓涓细流，听不到声音。时时飞来一只鸟，在石块上落定，不停地撅起尾巴。撅起，垂下，又撅起……它为什么要这样？鸟黑身白颊，黑得像墨，不叫。我觉得这就是鲁迅小说里写的张飞鸟。

洪椿坪的寺名我已经忘记了。

入寺后，各处看看。两个五台山来的和尚在后殿拜佛。

这两个和尚我们在清音阁已经认识，交谈过。一个较高，清瘦清瘦的。他是保定人，原来是做生意的，娶过妻，夫妻感情很好。妻子病故，他万念俱灰，四处漫游，到了五台山，就出了家。另一个黑胖结实，完全像一个农民，他原来大概也就是五台山下的农民。他们发愿朝四大名山。已经朝过普陀，朝过峨眉之后，还要去朝九华山。五台山是本山，早晚可以拜佛，不需跋山涉水。他们的食宿旅费是自筹的。和尚每月有一点生活费，积攒了几年，才能完成夙愿。

进庙先拜佛，得拜一百八十拜。那样五体投地地拜一百八十拜，要叫我拜，非拜晕了不可。正在拜着，黑胖和尚忽然站起来飞跑出殿。原来他一时内急，憋不住了，要去如厕。排便之后，整顿衣裤，又接着拜。

晚饭后，在走廊上和一个本庙的和尚闲聊。我问他和尚进庙是不是都要拜一百八十拜。他说都要拜的。"我们到人家庙里，还不是一样要拜！"同时聊天的有几个小青年。一个小青年问："你吃不吃肉？"他说："肉还是要吃的。""喝不喝酒？""酒还是要喝的。"我没想到他如此坦率，他说，"文化大革命"把他们赶下山去，结了婚，生了孩子，什么规矩也没有了。不过庙里的小和尚是不许的。这个和尚四十多岁。天热，他褪下一只僧鞋，把不著鞋的脚在膝上架成二郎腿。他穿的是黄色僧鞋，袜子却是葡萄灰的尼龙丝袜。

两个五台山的和尚天不亮去朝金顶，等我们吃罢早餐，他们已经下来了。保定和尚说他们看到普贤的法相了，在金顶山路转弯处，普贤骑在白象上，前面有两行天女。起先只他一个人看见，他(那个黑胖和尚)看不见，他心里很着急。后来他也看见了。他告诉我们他们在普陀也看到了观音的法相，前面一队白孔雀。保定和尚说："你们是唯物主义者，我们是唯心主义者，我们的话你们不会相信。不过我们干嘛要骗你们？"

下清音阁，我们要去宾馆，两位和尚要去九华山，遂分手。

北温泉

为了改《红岩》剧本，我们在北温泉住了十来天。住数帆楼。数帆楼是一个小宾馆，只两层，房间不多，全楼住客就是我们几个人。数帆楼廊子上一坐，真是安逸。楼外是竹丛，如张岱所说的："人面一绿"。竹外即嘉陵江。那时嘉陵江还没有被污染，水是碧绿的。昔人诗云："嘉陵江水女儿肤，比似春葱碧不殊"，写出了江水的感觉。听罗广斌说，艾芜同志在廊上坐下，说："我就是这里了！"不知怎么这句话传成了是我说的，"文化大革命"中我曾因为这句话而挨过斗。我没有分辩，因为这也是我的感受。

北温泉游人极少，花木欣荣，凫鸟自乐。温泉浴池门开着，随时可以洗。

引温泉水为渠，渠中养非洲鲫鱼。这是个好主意。非洲鲫鱼肉细嫩，唯恨刺多。每顿饭几乎都有非洲鲫鱼，于是我们每顿饭都带酒去。

住数帆楼，洗温泉浴，饮泸州大曲或五粮液，吃非洲鲫鱼，"文化大革命"不斗这样的人，斗谁？

新都

新都有桂湖，湖不大，环湖皆植桂，开花时想必香得不得了。

桂湖上有杨升庵祠。祠不大，砖墙瓦顶，无藻饰，很朴素。祠内有当地文物数件。壁上嵌黑石，刻黄氏夫人"雁飞曾不到衡阳"诗，不知是不是手迹。

祠中正准备为杨升庵立像，管理处的负责同志让我们看了不少塑像小样，征求我们的意见。我没有说什么。我是不大赞成给古代的文人造像的。都差不多。屈原、李白、杜甫，都是一个样。在三苏祠后面看了苏东坡倚坐饮酒的石像，我实在不能断定这是苏东坡还是李白。杨升庵是什么长相？曾见陈老莲绘升庵醉后图，插花满头，是个相当魁伟的胖子。陈老莲的画未见得有什么根据。即使有一点根据，在桂湖之侧树一胖人的像，也不大好看。

我倒觉得升庵祠可以像三苏祠一样辟一间陈列室，搜集升庵著作的各种版本放在里面。

杨升庵著作甚多，有七十几种。有人以为升庵考证粗疏，有些地方是臆断。我觉得这毕竟是个很有才华，很有学问的人，而且遭遇很不幸，值得纪念。

大足

云冈石刻古朴浑厚，龙门石刻精神饱满。云冈、龙门的颜色是灰黑色，石质比较粗疏，易风化。云冈风化得很厉害，龙门石佛的衣纹也不那么清晰了。云冈是北魏的，龙门是唐代的。大足石刻年代较晚，主要是宋刻。石质洁白坚致，极少磨损，刻工风格也与云冈、龙门迥异，其特点是清秀潇洒，很美，一种人间的美，人的美。

有人说佛像都是没有性别的，是中性的，分不出是男是女。也许是这样吧。更恰切地说，佛有点女性美。大足普贤像被称为"东方的维纳斯"，其实是不准确的。维纳斯就是西方的，她的美是西方的美。普贤是东方的，他的美是东方的美。普贤是男性(不像观音似的曾化为女身)，咋会是维纳斯呢？不过普贤确实有点女性，眉目恬静，如好女子。他戴着花冠，尤易让人误会。

"媚态观音"像一个腰肢婀娜的舞女。不过"媚态"二字不大好，说得太露了。

"十二圆觉"衣带静垂，但让人觉得圆觉之间，有清风流动。这组群像的构思有点特别，强调同，而不强调异。十二尊像的相貌、衣着、坐态几乎是一样的。他们都在沉思，但仔细看看，觉得他们各有会心，神情微异。唯此小异，乃成大同，形成一个整体。十二圆觉门的上面凿出横方窗洞，以受日光，故室内并不昏暗。流泉一道，涓涓下注，流出室外，使空气长新。当初设计，极具匠心。

我见过很多千手观音，都不觉得怎么美。一个人肩背上长出许多胳臂和手，总是不自然。我见过最大的也是最好的千手观音，是承德外八庙的有三层楼高的那一尊。这尊很高的千手观音的好处是胳臂安得比较自然。大足的千手观音我们以为是个奇迹。那么多只手(共一千零七只)，可是非常自然。这些手是怎样从观音身上长出来的，完全没有交待，只见观音身后有很多手。因为没法交待，所以干脆不交待，这办法太聪明了！但是，你又觉得这确实都是观音的手、菩萨的手。这些手各具表情，有的似在召唤，有的似在指点，有的似在给人安慰……这是富于人性的手。这具千手观音的美学特点是把规整性和随意性结合了起来。石刻，当然是要经过周密的设计的，但是错落参差，不作呆板的对称。手共一千零七只，是个单数，即此可见其随意性。

释迦牟尼涅槃像(俗谓卧佛)，佛的面部极为平静，目微睁(常见卧佛合目如甜睡)，无爱无欲，无死无生，已寂灭一切烦恼，圆满一切功德，至最高境界。佛像很大，长三十余米，但只刻了佛的头部和胸部，肩和手无交待，下肢伸入岩石，不知所终。佛前刻了佛弟子约十人，不是站成一排，而是有前有后，有的向左，有的向右，有一个鬈发的，似西方人。弟子面微悲戚，但不像有些通俗佛经上所说的号啕擗踊。弟子也只露出半身，腹部以下，在石头里，也不知所终。于有限的空间造无限的境界，大足的佛涅槃像是一个杰作！

大足石刻是了不起的艺术

川菜

昆明护国路和文明新街有几家四川人开的小饭馆，卖"豆花素饭"和毛肚火锅。卖毛肚的饭馆早起开门后即在门口竖出一块牌子，上写"毛肚开堂"，或简单地写两个字："开堂"。晚上封了火，又竖出一块牌子，只写一个字："毕"，简练之至！这大概是从四川带过来的规矩。后来我几次到四川，都不见饭馆门口这样的牌子，此风想已消失。也许乡坝头还能看到。

上海有一家相当大的饭馆，叫做"绿杨"，以"川菜扬点"为号召。四川菜、扬州包点，确有特色。不过"绿杨"的川味已经淡化了。那样强烈的"正宗川味"上海人是吃不消的。

一九四八年我在北京沙滩北京大学宿舍里寄住了半年，常去吃一家四川小馆子，就是李一氓同志在《川菜在北京的发展》一文中提到的蒲伯英回川以后留下的他家里的厨师所开的，许倩云和陈书舫都去吃过的那一家。这家馆子实在很小，只有三四张小方桌，但是菜味很纯正。李一氓同志以为有的菜比成都的还要做得好。我其时还没有去过成都，无从比较。我们去时点的菜只是回锅肉、鱼香肉丝之类的大路菜。这家的泡菜很好吃。

川菜尚辣。我六十年代住在成都一家招待所里，巷口有一个饭摊。一大桶热腾腾的白米饭，长案上有七八样用海椒拌得通红的辣咸菜。一个进城卖柴的汉子坐下来，要了两碟咸菜，几筷子就扒进了三碗"帽儿头"。我们剧团到重庆体验生活，天天吃辣，辣得大家骇怕了，川味辣，且麻。重庆卖面的小馆子的白粉墙上大都用黑漆写三个大字："麻、辣、烫"。川花椒，即名为"大红袍"者确实很香，非山西、河北花椒所可及。吴祖光曾请黄永玉夫妇吃毛肚火锅。永玉的夫人张梅溪吃了一筷，问："这个东西吃下去会不会死的哟？"川菜麻辣之最者大概要数水煮牛肉。川剧名丑李文杰曾请我们在政协所办的餐厅吃饭，水煮牛肉上来，我吃了一大口，把我呛得透不过气来。

四川人很会做牛肉。赵循伯曾对我说："有一盘干煸牛肉丝，我能吃三碗饭！"灯影牛肉是一绝。为什么叫"灯影牛肉"？有人说是肉片薄而透明，隔着牛肉薄片，可以照见灯影。我觉得"灯影"即皮影戏的人形，言其轻薄如皮影人也。《东京梦华录》有"影戏名"就是这样的东西。宋人所说的"利"，都是干的或半干的肉的薄片。此说如可成立，则灯影牛肉已经有好几百年的历史了。

成都小吃谁都知道，不说了。"小吃"者不能当饭，如四川人所说，是"吃着玩的。"有几个北方籍的剧人去吃红油水饺，每人要了十碗，幺师父听了，鼓起眼睛。

川剧

有一位影剧才人说过一句话："你要知道一个人的欣赏水平高低，只要问他喜欢川剧还是喜欢越剧。"有一次我在青年艺术剧院看川剧，台上正在演《做文章》，池座的薄暗光线中悄悄进来两个人，一看，是陈老总和贺老总。那是夏天，老哥儿俩都穿了纺绸衬衫，一人手里一把芭蕉扇。坐定之后，陈老总一看邻座是范瑞娟，就大声说："范瑞娟，你看我们的川剧怎么样啊？"范瑞娟小声说："好！"这二位老师看来是以家乡戏自豪的——虽然贺老总不是四川人。

川剧文学性高，像"月明如水浸楼台"这样的唱词在别的剧种里是找不出来的。

川剧有些戏很美，比如《秋江》《踏伞》。

有些戏悲剧性强，感情强烈。如《放裴》《刁窗》《打神告庙》。《马踏箭射》写女人的嫉妒令人震颤。我看过阳友鹤和曾荣华的《铁笼山》，戏剧冲突如此强烈，我当时觉得这是莎士比亚！

川剧喜剧多，而且品味极高，是真正的喜剧。像《评雪辨踪》这样带抒情性的喜剧，我在别的剧种里还没有见过。别的剧种移植这出戏就失去了原来的诗意。同样，改编的《秋江》也只保存了身段动作，诗意少了。川剧喜剧的诗意跟语言密不可分。四川话是中国最生动的方言之一。比如《秋江》的对话：

陈姑：嗳！

艄翁：那么高了，还矮呀！

陈姑：唉！

艄翁：飞远了，按不到了！

不懂四川话就体会不到妙处。

川丑都有书卷气。李文杰告诉我，进科班学丑，先得学三年小生。这是非常有道理的。川丑不像京剧小丑那样粗俗，如北京人所说："胳肢人"或上海人所说的"硬滑稽"，往往是闲中作色，轻轻一笔，使人越想越觉得好笑。比如《拉郎配》的太监对地方官宣读圣旨之后，说："你们各自回衙理事"，他以为这是在他的府第里，完全忘了这是人家的衙门。老公的颟顸糊涂真令人忍俊不禁。川剧许多丑戏并不热闹，倒是"冷淡清灵"的。像《做文章》这样的戏，京剧的丑是没法演的。《文武打》，京剧丑角会以为这不叫个戏。

川剧有些手法非常奇特，非常新鲜。《梵王宫》耶律含嫣和花云一见钟情，久久注视，目不稍瞬，耶律含嫣的妹妹(?)把他们两人的视线拉在一起，拴了个扣儿，还用手指在这根"线"上嘣嘣嘣弹三下。这位小妹捏着这根"线"向前推一推，耶律含嫣和花云的身子就随着向前倾，把"线"向后抩一抩，两人就朝后仰。这根"线"如此结实，实是奇绝！耶律含嫣坐车，她觉得推车的是花云，回头一看，不是！是个老头子，上唇有一撮黑胡子。等她扭过头，是花云！车夫是演花云的同一演员扮的。这撮小胡子可以一会出现，一会消失(胡子消失是演员含进嘴里了)。用这样的方法表现耶律含嫣爱花云爱得精神恍惚，瞧谁都像花云。耶律含嫣的心理状态不通过旦角的唱念来表现，却通过车夫的小胡子变化来表现。化抽象为具象，这种手法，除了川剧，我还没有见过，而且绝对想不出来。想出这种手法的，能不说他是个天才么？

有人说中国戏曲比较接近布莱希特体系，主要指中国戏曲的"间离效果"。我觉得真正有意识地运用"间离效果"的是川剧。川剧不要求观众完全"入戏"，保持清醒，和剧情保持距离。川剧的帮腔在制造"间离效果"上起了很大作用。帮腔者常常是置身局外的旁观者。我曾在重庆看过一出戏(剧名已忘)，两个奸臣在台上对骂，一个说："你混蛋！"另一个说："你混蛋！"帮腔的高声唱道："你两个都混蛋嗻……"他把观众对俩人的评论唱出来了！

一九九二年四月六日

旅途杂记

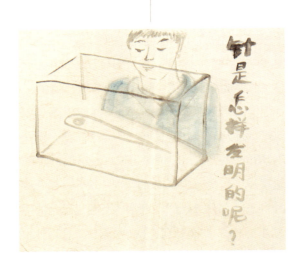

针是怎样发明的呢？

半坡人的骨针

我这是第二次参观半坡，不像二十年前第一次参观时那样激动了。但我还是相当细致地看了一遍。房屋的遗址、防御野兽的深沟、烧制陶器的残窑、埋葬儿童的瓷棺……我在心里重复了二十年前的感慨——平平常常的、陈旧的感慨：我们的祖先就是这样生活下来的，他们生活得很艰难——也许他们也有快乐。人就是这样生活过来的。生活是悲壮的。

在文物陈列室里我看到石砭。我们的祖先就是用这种完全没有锋刃，几乎是浑圆的石砵劈开了大树。

我看到两根骨针。长短如现在常用的牙签，微扁，而极光滑。这两根针大概用过不少次，缝制过不少件衣裳——那种仅能蔽体的、粗劣的短褐。磨制这种骨针一定是很不容易的。针都有鼻，一根的针鼻是圆的；一根的略长，和现在用的针很相似。大概略长的针鼻更好使些。

针是怎样发明的呢？谁想出在针上刻出个针鼻来的呢？这个人真是一个大发明家，一个了不起的聪明人。

在招待所听几个青年谈论生活有没有意义，我想，半坡人是不会谈论这种问题的。

生活的意义在哪里？就在于磨制一根骨针，想出在骨针上刻个针鼻。

兵马俑的个性

头一个搞兵马俑的并不是秦始皇。在他以前，就有别的王者，制造过铜的或是瓦的一群武士，用来保卫自己的陵墓。不过规模都没有这样大。搞了整整一师人，都与真人等大，密匝匝地排成四个方阵，这样的事，只有完成了“六王毕，四海一”的大业的始皇帝才干得出来。兵马俑确实很壮观。

面对着这样一个瓦俑的大军，我简直不知道对秦始皇应该抱什么感情。是惊叹于他的气魄之大？还是对他的愚蠢的壮举加以嘲笑？

俑之上，原来据说是有建筑的，被项羽的兵烧掉了。很自然的，人们会慨叹：“楚人一炬，可怜焦土。”

有人说始皇陵兵马俑是世界第八奇迹。

单个地看，兵马俑的艺术价值并不是很高。它的历史价值、文物价值，要比艺术价值高得多。当初造俑的人，原来就没有把它当作艺术作品，目的不在使人感动。造出后，就埋起来了，当时看到这些俑的人也不会多。最初的印象，这些俑，大都只有共性，即只是一个兵，没有很鲜明的个性。其实就是对于活着的士卒，从秦始皇到下面的百夫长，也不要求他们有什么个性，有他们的个人的思想、情绪。不但不要求，甚至是不允许的。他们只是兵，或者可供驱使来厮杀，或者被"坑"掉。另外，造一个师的俑，要来逐一地刻画其性格，使之互相区别，也很难。即或是把米开朗琪罗请来，恐怕也难于措手。

我很怀疑这些俑的身体是用若干套模子扣出来的。他们几乎都是一般高矮。穿的服装虽有区别（大概是标明等级的），但多大同小异。大部分是短褐，披甲，著裤，下面是一色的方履。除了屈一膝跪着的射手外，全都直立着，两脚微微分开，和后来的"立正"不同。大概那时还没有发明立正。如果这些俑都是绷直地维持立正的姿势，他们会累得多。但是他们的头部好像不是用模子扣出来的。这些脑袋是"活"的，是烧出来后安上去的。当初发掘时，很多俑已经身首异处；现在仍然可以很方便地从颈腔里取下头来。乍一看，这些脑袋都大体相似，脸以长圆形的居多，都梳着偏髻，年龄约为二十多岁，两眼平视，并不木然，但也完全说不上是英武，大都是平静的，甚至是平淡的，看不出有什么痛苦或哀愁——自然也说不上高兴。总而言之，除了服装，这些人的脸上寻不出兵的特征，像一些普通老百姓，"黔首"，农民。

但是细看一下，就可以发现他们并不完全一样。

有一个长了络腮胡子的，方方的下颔，阔阔的嘴微闭着，双目沉静而仁慈，看来是个老于行伍的下级军官。他大概很会带兵，而且善于驭下，宽严得中。

有一个胖子，他的脑袋和身体都是圆滚滚的（他的身体也许是特制的，不是用模子扣出来的），脸上浮着憨厚而有点狡猾的微笑。他的胃口和脾气一定都很好，而且随时会说出一些稍带粗野的笑话。

有一个的双颊很瘦削，是一个尖脸，有一撮山羊胡子。据说这样的脸型在现在关中一带的农民中还很容易发现。他也微微笑着，但从眼神里看，他在沉思着一件什么事情。

有人说，兵马俑的形象就是造俑者的形象，他们或是把自己，或是把同伴的模样塑成俑了。这当然是推测，但这种推测很合理。

听说太原晋祠宋塑宫女的形象即晋祠附近少女的形象，现在晋祠附近还能看到和宋塑形态仿佛的女孩子。

我于是生出两种感想。

塑像总是要有个性的。即便是塑造兵马俑，不需要、不要求有个性，但是造俑者还是自觉、不自觉地，多多少少地赋予了他们一些个性。因为他塑造的是人，人总有个性。

塑像总是有模特儿的。他塑造的只能是他见过的人，或是熟人，或是他自己。凭空设想，是不可能的。

任何艺术，想要完全摆脱现实主义，是几乎不可能的事。

一九八二年七月

皖南一到

草木

合肥菊花很好，花大，棵矮，叶肥厚而颜色深。招待所廊前所放的菊花都可称为名种。金寨路边有卖菊花的摊子，狮子头、绿菊、金背大红，每盆均索价三元。这样的价钱在北京是买不到的(我想还可以还价)。大概合肥的土质、气候对菊花很相宜。

合肥多冬青树，甚高大，紫灰色的小果子累累结满一树。出合肥，公路两侧多植冬青。以冬青为公路的林荫树，我在别的省还没有见过。自屯溪至黟县，路边尽植乌桕，通红的叶子。沿路有茶山、竹山。屯溪附近小山上有油茶，正纷纷地开着白花。问之本地人，云是近年所推广。有几个县大面积种植了油菜。大概安徽人是吃菜籽油的，能吃得惯茶油么？

屯溪

到屯溪，住华山宾馆的三江楼。三江者：自镇海桥以西为横江；

桥东为与横江成直角，南北向者率河。率河，直河也。又东，则为新安江。走到阳台上，三江在望。接待站的同志嘱为宾馆写字，即为书"三江一望"隶书大横幅。三江水皆清浅，两岸早晚都有妇女捶衣，棰声清越。

到屯溪，主要目的是看看一条老街。据说这本是一条明代的街，因遭匪掠，街尽毁于火，现在的老街是清代重建的，但规模还是老样子。街不宽，有一段两边店铺的风火墙尖几欲相接，但因禁车辆通行，故很安静。店铺中有放迪斯科音乐的，音量不大，不吵人。小小一条街有几家卖文房四宝、古玩瓷器的，使这条街有颇浓的文化气息。杂货店中卖桂圆、荔枝，黄山小胡桃尤其多。有一家酱园，酱油、醋都放在敞盖的缸里。有一家相当大的药店，放药的抽屉的位置很高，看样子是一家老药店了，药香直飘到街上。这虽是重建的街，但黑瓦白墙，犹存旧制，漫步街头，可以感受到一些历史气氛，比花了重赏新造的什么"宋街"之类的假古董要有意思。

歙县

歙县谯楼的门洞是方的，两边各竖十二根巨大的木柱，柱皆向外倾侧，涂红漆，上建楼，甚宽广。这样的建筑别处未见过——一般的钟楼鼓楼都是发券的拱形门洞。本地即称这座建筑为"二十四根柱子"。

"许国石坊"在正街中心，本地人叫做"八角牌坊"。牌基为长方形，实为两座同样的牌坊而左右连接，形制很特别，据说这样的石坊中国只有两座，为全国重点文物。石坊有横额两道。上面一道大书"大学士",下面一道写的是"少保兼礼部尚书武英殿大学士许国",皆阴刻涂黑漆。字极端正,或云为董其昌书。许国事迹待考。石坊柱子是方形的,四面都刻了狮子,颇生动,两侧的狮子是倒立的。倒立的石狮我还是头一回见到。石坊为"黟县青"所斫治。黟县青石多大材,硬度宜于雕凿,而又坚致不易风化,是造牌坊的好材料。皖南多石牌坊,牌坊大都是"黟县青"。

歙县是我的老家所在。在合肥,我曾戏称我是"寻根"来了。小时候听祖父说:我们本是徽州人,从他起往上数,第七代才迁居至高邮。祖父为修家谱,曾到过歙县。这家谱我曾见过,一开头是汪华的像。汪华大概是割据一方的豪侠,后来降了唐,受李渊封为越国公。"越国公"在隋唐之际是很高的爵位,隋炀帝时的司空杨素就被封为越国公。他在当地被称为"汪王",甚至称之为"汪王大帝"。据说汪家的老祠堂很大,叫做"汪王庙"。一说汪华降的是南唐,非李唐。我问徽州人,汪家老祠堂还在么?答云:早没有了,早年还能拾到一些残砖断瓦。汪家是歙县第一大姓,我在徽州碰到好几位姓汪的。我站在歙县的大街上,想:这是我的老家,竟有一种说不出来的感情。慎终追远,是中国人抹不掉的一种心态。而且,也似无可厚非。

黟县

到黟县,为看古民居。

先到西递。西递之名甚怪。据说镇中流水萦绕,先向东流,又折而向西,水可一直流到每一家的堂前、灶前;又说这原是通往西路的驿站，故名。似乎这都有点想当然尔。

传说西递始建于南宋。徽州商业是南宋以临安为行在所之后发达起来的。徽商在外面发了财，回乡盖房，聚居成镇，有这种可能。现在看起来，里巷曲折四通，一律铺了黟县青石；人家住宅分布得很有秩序，不是杂乱无章，随便乱盖，是一个古镇的样子，也可以说有一点南宋遗规，但房屋都是后来翻盖过的了。在两家看到他们家祖先的"影"，男的都是补服顶戴，顶子是水晶的，官不大，大概是捐的官（女的则是凤冠霞帔，据一个讲解员说，洪承畴的母亲死后，顺治帝特许以明代服饰成殓，成沿成风，人家祖先影像都是男的穿清代服装，女的穿明代服装，说或有据，我回忆我家从前的影像，都是如此）。看看人家挂的字画，题款年代多为咸、同之际。有一个绅董议事的厅堂，廊下挂了一副木制的对联："之九万里而南；以八千岁为春"，字是郑板桥写的。那么这所厅堂的建筑年代最早也不会超过乾隆。

因为是商人的家（有一家的朱红对联上写道："做官好营商好效好便好；创业难守成难知难不难"，很朴实地说出了商人哲学），没有深宅大院。门小，进门是一个天井，天井石条上照例有几盆花。上水石积苔甚厚。有一家有一丛天竺，结实才如胡椒大，而颜色鲜红发亮，与别处常见的如梧桐子大者不同，或别是一种。正面为前堂、后堂，是待客起坐处，两侧是卧室。房屋不高大，谨谨慎慎，人口不多，住起来大概相当舒服。门窗雕镂得很精致，或有涂金漆者。我没有看到流水直到堂前灶前，倒看到一家"四水归堂"。堂中方砖下是空的，落雨，水由天井流至堂下。有一块石牌可以揭起，取水甚便。

有一家在两巷相交处有一转角楼，楼在围墙内，依势而起，透透迤迤，不方不正。屯溪人说这是小姐抛彩球的绣楼。这当然是无稽之谈。抛球择婿是戏文里的事，于史无征，而且即在戏里，也只有王宝钏抛过彩球，余无闻焉(据说广西壮族有抛彩球风俗，不知如何会传到山西梆子里——"彩楼配"最初大概是山西梆子)。明清以后，黟县何能有此风俗？抛球的彩楼是临时搭起的，怎么会有一个永久性的建筑？这家有多少小姐？每个小姐都用抛球的办法择婿么？再说这座楼下是两条相交的巷子，并非通衢广场，也容不下许多王孙公子挨挨挤挤地抢彩球。这座楼上有一白底黑字的横匾，文曰："桃花源里人家"，证明这是主人静处闲眺的地方，与小姐无涉。楼下围墙开一小门，黑色的大理石横额上刻了一行小篆，涂金，笔划细秀："作退一步想"，是这家的后门，而已。因为这座楼形制特别，小巧玲珑，望之有趣，因此生出小姐抛彩球的附会，也无足怪。

下午到宏村，参观一家旧宅。

我们是从后门进去的。房子是一个盐商盖的。盐商大概很发了点财，房子很考究。主房两进。两进之间是一个大天井，四面"跑马楼"。楼上无隔断，不能住人，想是庋藏财物的。楼下北面为大厅。木料都很粗大，涂生桐油。这宅子引起美术界的注意，是因为有极精细的木雕。徽州木雕是在素面的木枋上开出长方的一块，内刻人物故事。天井南面的木枋上刻的是"百子闹元宵"，整整一百个孩子，敲锣打鼓，狮子龙灯，高跷旱船，很热闹，只是构图稍平。北面木枋上刻的是"唐肃宗宴客图"。两边的人物都微微向内倾侧，形成以肃宗为中心的画面，设计很聪明。据讲解同志说，这幅木雕共七层，层次分明，最后的人物的靴鞋都交代得很清楚("百子闹元宵"只三层)。木雕右侧是一个侍仆在扇风炉烧茶水。左侧有一个大臣坐着，歪着头，眯着眼，由一个待诏为之挑耳。宴会上掏耳朵，这风俗很奇怪。也许是明清之际或唐肃宗时有此习俗，否则雕刻的细木匠不会无缘无故地刻出来。

前进是住人的。正中为堂屋，两侧是卧房，分别住着房主人的大小老婆。两边的槅扇都雕镂贴金，刻的是八仙，无特别处。我们还参观了房主人抽大烟的房子、打牌的房子。这家房主人有一个贴身丫头，前几年死了，八十几岁，她曾在这里住过，对于这座房的建造始末，各处作何用途，可以历述。这位贴身丫头死时八十多岁，那么这所房屋也就是八九十年，故能完好如新。房主只能算是个中等盐商，他的生活也止于娶小、抽大烟、打牌，房子也只能是这样。不像扬州大盐商可以盖得起大花园，养一些名士，附庸风雅。从这所房子看无一处匾额对联，可见此公无甚文化。但是他的房子里的木雕，特别是"唐肃宗宴客图"，实在是海内精品。在文化史上，可为此俗人记一小功。

木雕在"文化大革命"中由当地政府议决，用泥糊了，上写"毛主席万岁"，乃得幸存。

正屋右侧，有一块三角形的余地，即于其上建一间不规整的三角形的房屋，两边靠墙，一面敞开，形制很特别，亭子不像亭子，大概可称之为"榭"。中国建筑学家引美国同行参观，即以这间屋子作为中国建筑善于因地制宜、利用空间的实例。屋前阶下有石砌的养鱼池，也是三角形的，现在还有四五条鲤鱼在池底游着。这间房子是干什么用的呢？在这里下围棋倒是个好地方。但房主人大概不会下棋，只会坐在阶前，看池中鱼，命令厨子今天选哪一条宰了吃。

引导我们参观的讲解员捧了参观题名册，请写几个字。写什么呢？这家房主人姓汪，讲解员也姓汪，我也姓汪，于是写了四个大字："宗传越国"。

讲解员说："你们等一等，我给你们看一个宝。"他拿来一个布包，打开来，是一只干制的野人的脚！看起来，这像是人脚，从骨骼看，这"人"是可以直立的，不像是野兽的掌。脚趾甚尖利，脚面密被寸长的棕黑色的粗毛。这到底是一个什么东西？据讲解员说，他母亲交给他时，说到她这儿，这只脚已经传了九十二代。奇怪！

讲解员一直把我们送出村口。这村子倒是家家墙外有石砌水沟，流水清澈，有人在沟边洗菜。讲解员说村中皆汪姓。村南有一圆门，外姓人只能住在圆门外。村外有南湖，湖上有南湖书院，旧制，凡汪姓子弟可免费在书院中读书六年。看来当初建村(或镇)是经过整体规划的，这些活水流通的水沟是盖房之前就设计好了的。宏村，和西递，都是研究中国村镇史的极好材料。

徽菜

徽菜专指徽州菜，不是泛指安徽菜。徽菜有特点，味重油多，臭鳜鱼是突出的代表作。据说过去贵池人以鱼篓挑鳜鱼至徽州卖，路上得走几天，至徽州，鱼已发臭，徽州人烹食之，味极美，遂为名菜。我们在合肥的徽菜馆中吃的，鳜鱼是新鲜的，但煎熟后浇以臭卤，味道也非常好，不失为使人难忘的异味。炸斑鸠，极香，骨尽酥，佐以连骨嚼咽。毛豆腐是徽州人嗜吃的家常菜。菜馆和饭店做的毛豆腐都是用油炸出虎皮，浇以碎肉汁，加工过于精细，反不如我在屯溪老街一豆腐坊中所吃的，在平锅上煎熟，佐以葱花辣椒糊，更有风味。屯溪烧饼以霉干菜肉末为馅，烤出脆皮，为他处所无，徽州人很爱吃，但亦不能仿制，不知有何诀窍。

一九八九年十一月十九日

初访福建

漳州

漳州多三角梅。我们所住的漳州宾馆内到处都是。栽在路边大石盆里，种在花圃里。三角梅别处也有。云南谓之叶子花，因为花与叶形状无殊，只是颜色不同。昆明全种之墙头。楚雄叶子花有一层楼那样高，鲜丽夺目，但只有紫色的一种。漳州三角梅则有很多种颜色，除了紫的，有大红的、桃红的、浅红的，还有紫铜色的。紫铜色的花我还没有见过。有白色的，微带浅绿。三角梅花形不大好看，但是蓬勃旺盛，热热闹闹。这种花好像是不凋谢的。我没有看到枝头有枯败的花，地下也没有落瓣。

到处都是卖水仙花的。店铺中装在纸箱里成箱出售，标明二十粒、三十粒，谓一箱装二十头、三十头也。二十粒者是上品。胜利路、延安北路人行道上摆了一溜水仙花头，装在花篮状的竹篓里。卖水仙的多是小姑娘。天很晚了，她们提着空篓，有的篓里还有几个没有卖掉的花头，结伴归去。她们一天能卖多少钱？

一个修钟表的小店当门的桌边放了两小盆水仙。修表的是一个年轻人。两盆水仙开得很好，已经冒出好几个花骨朵。修表的桌边放两盆水仙，很合适。

参观漳州八宝印泥厂。印泥是朱砂和蓖麻油调制的(加了少量金箔、朱粉、冰片)，而其底料则为艾绒。漳州出艾绒。浙江、上海等地的印泥厂每年都要到漳州采买艾绒。漳州出印泥，跟出艾绒有关。印泥厂备好纸墨，请写字留念。纸很好，六尺夹宣。写了几句顺口溜："天外霞，石榴花，古艳流千载，清芬入万家。"漳州八宝印泥颜色很正，很像石榴花。

凡到漳州者总要去看看百花村，因为很近便。百花村所培植的主要是榕树盆景。榕树是不材之材，不能做梁柱、打家具，烧火也不燃，却是制作盆景的极好材料。榕树盆景较大，不能置之客厅书室，但是公园、宾馆、大会堂、大餐厅，则只有这样大的盆景才相称，因此行销各地，"创汇"颇多。榕树盆景并不是栽到盆子里就算完事，须经相材、取势、锯截、修整，方能敧侧横斜，偃仰矫矢，这也是一门学问。百花村有一个兰圃，种剑兰甚多，可惜我们去时管理员不在，门锁着，未能参观。

木棉庵在漳州市外。这个地方的出名，是因为贾似道是在这里被杀的。贾似道是历史上少见的专权误国、荒唐透顶的奸相。元军沿江南下，他被迫出兵，在鲁港大败，不久被革职放逐，至漳州木棉庵为押送人郑虎臣所杀。今木棉庵外土坡上立有石碑两通，大字深刻"郑虎臣诛贾似道于此"，两碑文字一样。贾似道被放逐，是从什么地方起解的呢？为什么走了这条路线？原本是要把他押到什么地方去的呢？郑虎臣为什么选了这么个地方诛了贾似道？郑虎臣的下落如何？他事后向上边复命了没有？按说一个押送人是没有权力把一个犯罪的大臣私自杀了的，尽管郑虎臣说他是"为天下诛贾似道"。想来南宋末年乱得一塌糊涂，没有人追究这件事，也就不了了之了。贾似道下场如此，在"太师"级的大员里是少见的。土坡后有一小庵，当是后建的，但还叫做木棉庵。庵中香火冷落，壁上有当代人题歪诗一首。

云霄

云霄是果乡。到下畈山上看了看，遍山是果树：芦柑、荔枝、枇杷。枇杷树很大，树冠开张如伞盖，著花极繁。我没有见过枇杷树开这样多的花。明年结果，会是怎样一个奇观？一个承包山头的果农新摘了一篮芦柑，看见县委书记，交谈了几句，把一篮芦柑全倒在我们的汽车里了。在车上剥开新摘芦柑，吃了一路。芦柑瓣大，味甜，无渣。

云霄出蜜柚，因为产量少，不外销，外地人知道的不多。蜜柚甜而多汁，如其名。

在云霄吃海鲜，难忘。除了闽南到处都有的"蚝煎"——海蛎子裹鸡蛋油煎之外，有西施舌、泥蚶。西施舌细嫩无比。我吃海鲜，总觉得味道过于浓重，西施舌则味极鲜而汤极清，极爽口。泥蚶亦名血蚶，肉玉红色，极嫩。张岱谓不施油盐而五味俱足者唯蟹与蚶，他所吃的不知是不是泥蚶。我吃泥蚶，正是不加任何作料，剥开壳就进嘴的。我吃菜不多，每样只是夹几块尝尝味道，吃泥蚶则胃口大开，一大盘泥蚶叫我一个人吃了一小半，面前蚶壳堆成一座小丘，意犹未尽。吃泥蚶，饮热黄酒，人生难得。举杯敬谢主人，曰："这才叫海味！"

云霄出矿泉水。矿泉水，深井水耳。有一位南京大学的水文专家，看了看将军山的地形，说："这样的地形，下面肯定有矿泉水。凿井深至一千四百米，水出。"

东山

听说东山的海滩是全国最大的海滩。果然很大。砂是硅砂，晶莹洁白。冬天，海滩上没有人。接待游客的旅馆、卖旅游纪念品的铺子、冷饮小店、更衣的棚屋，都锁着门。冬天的海滩显得很荒凉。问我有什么印象，只能说：我到过全国最大的海滩了。我对海没有记忆。因此也不易有感情。

东山城上有风动石。一块很大的浑圆的石头，上负一块很大的石头蛋。有大风，上面的石头能动。有个小伙子奔上去，仰卧，双脚蹬石头蛋，果然能动。这两块石头摞在一起，不知有多少年了。这是大自然的游戏。

厦门

庙总要有些古。南普陀几乎是一座全新的庙。到处都是金碧辉煌。屋檐石柱、彩画油漆、香炉烛台、幡幢供果，都像是新的。佛像大概是新装了金，锃亮锃亮。

大雄宝殿里，百余僧众在做功课。他们的黄色袈裟也都很新，折线分明。一个年轻的和尚敲木鱼以齐节奏。木鱼槌颇大。他敲得很有技巧，利用木鱼槌反弹的力量连续地敲着。这样连续地敲很久，腕臂得有点功夫。节奏是快板——有板无眼：卜、卜、卜、卜……这个年轻和尚相貌清秀，样子极聪明。我觉得他会升成和尚里的"干部"的。

到后山逛了一圈，回到大殿外面，诵佛的节奏变成了原板——一板一眼：卜——卜——卜……

往鼓浪屿访舒婷。舒婷家在一山坡上，是一座石筑的楼房。看起来很舒服，但并不宽敞。她上有公婆，下有幼子，她需要料理家务，有客人来，还要下厨做饭。她住的地方，鼓浪屿，名声在外，一定时常有些省内外作家，不速而来，像我们几个，来吃她一顿菜包春卷。她的书房不大，满壁图书，她和爱人写字的桌子却只是两张并排放着的小三屉桌，于是经常发生彼此的稿纸越界的纠纷。我看这两张小三屉桌，不禁想起弗金尼·沃尔芙的《一间自己的屋子》。舒婷在这样的条件下还能写得出朦胧诗么？听说她的诗要变，会变成什么样子？

有人为铁凝、王安忆失去早期作品的优美而惋惜。无可奈何花落去，谁也没有办法。

福州

鼓山顶有大石如鼓，故名。或云有大风雨则发出鼓声，恐是附会。山在福州市东，汽车可以一直开到涌泉寺山门，往返甚便，故游人多。福州附近山都不大，鼓山算是大山了。山不雄而甚秀，树虽古而仍荣，滋滋润润，郁郁葱葱。福州之山，与他处不同。

涌泉寺始建于唐代,是座古刹了,但现在殿宇精整,想是经过几次重建了。涌泉寺不像南普陀那样华丽,但是规模很大,有气派。大殿很高,只供三世佛。十八罗汉则分坐在殿外两边的廊子上,一边九位。这种布局我在别处庙里还没有见过。

寺里和尚很多,大都很年轻,十八九岁。这里的和尚穿了一种特别的僧鞋,黑灯芯绒鞋面,有鼻,厚胶皮底,看来很结实,也很舒服。一个小和尚发现我在看他的鞋,说:"这种鞋很贵,比社会上的鞋要贵得多。"他用的这个词很有意思:"社会上的"。这大概是寺庙中特有的用词。这个小和尚会说普通话。

涌泉寺有几口大锅,据说能供一千人吃饭,凡到寺的香客游人都要去看一看。锅大而深,为铜铁合铸,表面漆黑光滑,如涂了油。这样大的锅如何能把饭煮熟?

寺东山上多摩崖石刻。有蔡襄大字题名两处。一处题蔡襄;一处与苏才翁辈同来,则书"蔡君谟"。题名称字,或是一时风气。蔡襄登鼓山,大概有两次,一次与苏才翁等同来,一次是自来。蔡襄至和三年以枢密直学士知福州,登鼓山或当在此时。然襄是仙游人,到福州甚近便,是否至和间登鼓山,也不能肯定。我很喜欢蔡襄的字。有人以为"宋四字"(苏黄米蔡),实应以蔡为首。这两处题名,字大如斗,端重沉着,与三希堂所刻诸帖的行书不相似。盖摩崖题名别是一体。

西禅寺是新盖的,还没有最后完工,正在进行扫尾工程,石匠在敲鏨石板石柱,但已经提前使用,和尚开始工作了。一家在追荐亡灵。八个和尚敲着木鱼铙钹,念着经,走着,走得很快。到一个偏殿里，分两边站下，继续敲打唱念，节奏仍然很快，好像要草草了事的样子。两个妇女在殿外，从一个相框里取出一张八寸放大照片，照片上是个中年男人，放进铁炉的火里焚化了。这两个妇女当然是死者的亲属，但看不出是什么关系。她们既没有跪拜，也没有悲泣，脸上是严肃的，但也有些平淡。焚化照片，祈求亡灵升天，此风为别处所未见，大概是华侨兴出来的。但兴起得不会太早，总在有了照相术以后。

后殿有一家在还愿。当初许的愿我也没听说过：三天三夜香烛不断。一个大红的绸制横标上缀着这样的金字。也没有人念经，只是香烟袅绕，烛光烨烨。

寺北正在建造一座宝塔，十三层，快要完工了，已经在封顶。这是座钢筋水泥结构的塔。看看这座用现代材料建成的灰白色的塔(塔尚未装饰，装饰后会是彩色的)，不知人间何世。

寺、塔，都是华侨捐资所建。

福建人食不厌精，福州尤甚。鱼丸、肉丸、牛肉丸皆如小桂圆大，不是用刀斩剁，而是用棒捶之如泥制成的。入口不觉有纤维，极细，而有弹性。鱼饺的皮是用鱼肉捶成的。用纯精瘦肉加茹粉以木槌捶至如纸薄，以包馄饨(福州叫做"扁肉")，谓之燕皮。街巷的小铺小摊卖各种小吃。我们去一家吃了一"套"风味小吃，十道，每道一小碗带汤的，一小碟各样蒸的炸的点心，计二十样矣。吃了一个荸荠大的小包子，我忽然想起东北人。应该请东北人吃一顿这样的小吃。东北人太应该了解一下这种难以想象的饮食文化了。当然，我也建议福州人去吃吃李连贵大饼。

武夷山

武夷山的好处是景点集中。范围不算大，处处有景，在任何地方，从任何角度，都有可看的，不似有些风景区，走半天，才有一处可看，其余各处皆平平。山水对人都很亲切，很和善，迎面走来，似欲与人相就，欲把臂，欲款语，不高傲，不冷漠，不严峻。武夷属低山，游程"有惊无险"。自山麓至天游峰皆石级，走起来不累。我已经近七十，上天游峰不感到心脏有负担。

玉女峰亭亭而立，大王峰虎虎而蹲。晒布岩直挂而下，石色微红，寸草不生，壮观而耐看。天游是绝顶，一览众山，使人有出尘之想。

武夷的好处是有山有水。九曲溪是天造奇境。溪随山宛曲，水极清，溪底皆黑色大卵石。现在是枯水期，水浅，竹筏与卵石相摩，格格有声。坐在筏上，左顾右盼，应接不暇。

船棺不知是何代物。那时候的人是用什么办法把棺材弄到这样无路可通的悬崖绝壁的山洞里的？为什么要把死人葬在这样高的地方？这是无法解释的谜。

水帘洞不是像《西游记》所写的那样洞口有瀑布悬挂如帘，而是从峭壁上挂下一条很长的草绳，山上水沿草绳流注，被风吹散，如烟如雾，飘飘忽忽，如一片透明的薄帘。水帘洞下有田地人家，种植炊煮，皆赖山水。泉下有茶馆，有人在饮茶。

天车是一列巨大的木制绞车，因为嵌置在峭壁极高处的山缝间，如在天上，当地人谓之"天车"。据传，太平天国时有财主数姓，避乱入岩洞中，设此天车，把财物和食物绞上去，在洞中藏匿甚久，太平天国军仰攻之，竟不得上。峭壁有碑记其事。这块碑的措词很尴尬，当然要说太平天国是革命的，地主是反动的，但是游人仰看天车，则只有为天车感到惊奇，碑文想发一点感慨，可不知说什么好。

武夷山是道教山，入山处原有武夷宫，已毁，现在正在重建，结构存其旧制，而规模较小。看了檐口的大斗拱，知道这是宋式建筑。宫前有两棵桂花树，云是当年所植，数百年物也。宫外有荣观，亦宋式。

我们所住的银河饭店门前是崇安溪；屋后亦有小溪，溪水小有落差，入夜水声淙淙不绝。现在是旅游淡季，整个旅馆只住了我们五个人。经理为我们的饭菜颇费张罗，有炒新鲜冬笋，有武夷山的山珍石鳞，即石鸡，山间所产的大蛙也，有狗肉，有蛇汤。

临行，经理嘱写字留念，写了一副对联：

"四周山色临窗秀，一夜溪声入梦清。"

一九九〇年

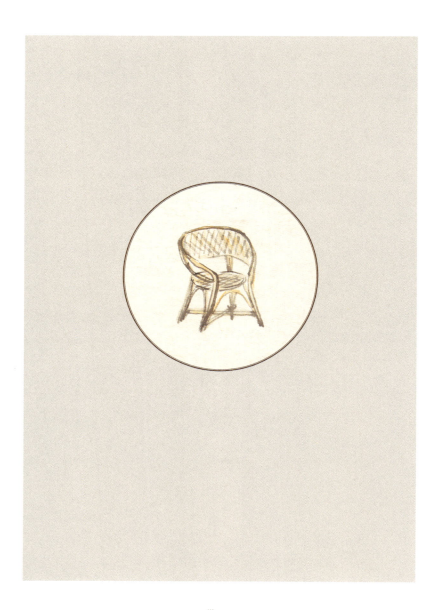

酡 · 意

烧煳了洗脸水

《红楼梦》里一个丫头无端受到责备，心中不服，嘟嘟囔囔地说："我又怎么啦？我又没烧煳了洗脸水！""我又没烧煳了洗脸水"，此语甚俊。

∻

职业习惯

瓦岗寨英雄尤俊达，是扛大斧给人劈柴出身。每临阵，见来将必先问："顺丝儿还是横丝儿的？"答云："顺丝儿的。"就很高兴；若说是"横丝儿的！"就搓着斧柄，连声叫苦："横丝儿的！哎呀，横丝儿的！"劈大块柴，顺丝的一斧就能劈通；横丝的，劈起来费劲。

∻

济公的幽默

县官王老爷派两个轿夫抬着一顶小轿，接济公来给王老爷的娘子看病。济公不肯坐轿，说："我自己走。我从来不坐轿子，从来不让

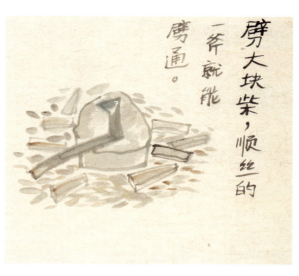

劈大块柴，顺丝的一斧就能劈通。

我们开吉普车到一个浩特去接一个曾在王府当过奴隶的牧民到东胜去座谈。这位奴隶已经等在路边。

别人抬着我。"轿夫说："您不坐轿子，我们对老爷不好交代呀！"济公想了想，说："这样吧，你们把轿底打掉了。你们在外面抬，我在里面走。"济公这个主意实在很幽默。两个轿夫，一前一后，抬着一乘空轿子，轿子下面，一双光脚，趿着破鞋，忽忽闪闪，整齐合拍，光景奇绝！

世界通用汉语

我们到内蒙古搜集材料，要写一个剧本。党委书记带队。我们开了吉普车到一个"浩特"去接一个曾在王府当过奴隶的牧民到东胜去座谈。这位牧民已经等在路边。车一停，上来了。我们的书记，非常热情，迎了上去，握住牧民的手，说："你好！你的，会讲汉语？"我们这位书记以为这种带日本味儿的汉语是所有的外国人和所有的少数民族都懂的。这位牧民也很对得起我们的书记，很客气答道："小小的！"这位牧民肯定我们的书记平常就是讲这样的话的。

以为这样的话是全世界的人都懂的，大有人在。名丑张××，到瑞士，刚进旅馆，想大便，找不到厕所，拉住服务员，比画了半天，服务员不懂，他就大声叫道："我的，要大大的！"服务员眼睛瞪得大大的，还是不懂。

一九九二年二月二十四日

果蔬秋浓

中国人吃东西讲究色香味。关于色味，我已经写过一些话，今只说香。

水果店

江阴有几家水果店，最大的是正街正对寿山公园的一家，水果多，个大，饱满，新鲜。一进门，扑鼻而来的是浓浓的水果香。最突出的是香蕉的甜香。这香味不是时有时无，时浓时淡，一阵一阵的，而是从早到晚都是这么香，一种长在的、永恒的香。香透肺腑，令人欲醉。

我后来到过很多地方，走进过很多水果店，都没有这家水果店的浓厚的果香。这家水果店的香味使我常常想起，永远不忘。

那年我正在恋爱，初恋。

萝卜

今天的活是收萝卜。收萝卜是可以随便吃的——有些果品不能随便吃，顶多尝两个，如二十世纪明月（梨）、柔丁香（葡萄），因为产量太少了，很金贵。萝卜起出来，堆成小山似的。农业工人很有经验，一眼就看出来，这是一般的，过了磅卖出去；这几个好，留下来自己吃。不用刀，用棒子打它一家伙，"棒打萝卜"嘛。喀嚓一声，萝卜就裂开了。萝卜香气四溢，吃起来甜、酥、脆。我们种的是心里美。张家口这地方的水土好像特别宜于萝卜之类作物生长，苤蓝有篮球大，疙瘩白(圆白菜)像一个小铜盆。萝卜多汁，不艮，不辣。

红皮小水萝卜，生吃也很好（有萝卜我不吃水果），我的家乡叫作"杨花萝卜"，因为杨树开花时卖。过了那几天就老了。小红萝卜气味清香。

江青一辈子只说过一句正确的话："小萝卜去皮，真是煞风景！"我们有时陪她看电影，开座谈会，听她东一句西一句地漫谈。开会都是半夜（她白天睡觉，夜里办公），会后有一点夜宵。有时有凉拌小萝卜。人民大会堂的厨师做小萝卜都是削皮的。萝卜去皮，吃起来不香。

南方的黄瓜不如北方的黄瓜，水叽叽的，吃起来没有黄瓜香。

都爱吃夏初出的顶花带刺的嫩黄瓜，那是很好吃，一咬满口香，嫩黄瓜最好攥在手里整咬，不必拍，更不宜切成细丝。但也有人爱吃二茬黄瓜——秋黄瓜。

呼和浩特有一位老八路，官称"老李森"。此人保留了很多农民的习惯，说起话来满嘴粗话。我们请他到宾馆里来介绍情况，他脱下一只袜子来，一边摇着这只袜子，一边谈，嘴里隔三句就要加一个"我操！"他到一个老朋友曹文玉家来看我们。曹家院里有几架自种的黄瓜，他进门就摘了两条嚼起来。曹文玉说："你洗一洗！"——

"洗它做啥！"

我老是想起这两句话："宁吃一斗葱，莫逢屈突通。"这两句话大概出自杨升庵的《古谣谚》。屈突通不知是什么人，印象中好像是北朝的一个很凶恶的武人。读书不随手做点笔记，到要用时就想不起来了。我为什么老是要想起这两句话呢？因为我每天都要吃葱，爱吃葱。

"小葱拌豆腐——一清二白，"每年小葱下来时我都要吃几次小葱拌豆腐，盐，香油，少量味精。

羊角葱蘸酱卷煎饼。

再过几天，新葱——新鲜的大葱就下来了。

我在一九五八年定为"右派"，尚未下放，曾在西山八大处干了一阵活，为大葱装箱。是山东大葱，出口的，可能是出口到东南亚的。这样好的大葱我真没有见过，葱白够一尺长，粗如擀面杖。我们的任务是把大葱在大箱里码整齐，钉上木板。闻得出来，这大葱味甜不辣，很香。

新山药（土豆，马铃薯）快下来了，新山药入大笼蒸熟，一揭屉盖，喷香！山药说不上有什么味道，可是就是有那么一种新山药气。羊肉卤蘸莜面卷，新山药，塞外美食。

苤蓝、茄子，口外都可以生吃。

逐臭

"臭豆腐、酱豆腐，王致和的臭豆腐！"过去卖臭豆腐、酱豆腐是由小贩担子沿街串巷吆喝着卖的。王致和据说是有这么个人的。

皖南屯溪人，到北京来赶考，不中，穷困落魄，流落在北京，百无聊赖，想起家乡的臭豆腐，遂依法炮制，沿街叫卖，生意很好，干脆放弃功名，以此为生。这个传说恐怕不可靠，一个皖南人跑到北京来赶考，考的是什么功名？无此道理。王致和臭豆腐家喻户晓，世代相传，现在成了什么"集团"，厂房很大，但是商标仍是"王致和"。王致和臭豆腐过去卖得很便宜，是北京最便宜的一种贫民食品，都是用筷子夹了卖，现在改用方瓶码装，卖得很贵，成了奢侈品。有一个侨居美国的老人，晚年不断地想北京的臭豆腐，再来一碗热汤面，此生足矣。这个愿望本不难达到，但是臭豆腐很臭，上飞机前检查，绝对通不过，老华人恐怕将带着他的怀乡病，抱恨以终。

我们在长沙，想尝尝毛泽东在火宫殿吃过的臭豆腐，循味跟踪，臭味渐浓，"快了，快到了，闻到臭味了嘛！"到了眼前，是一个公共厕所！

其实油炸臭豆腐干不只长沙有。我在武汉、上海、南京，都吃过。昆明的是烤臭豆腐，把臭油豆干放在下置炭火的铁篦子上烤。南京夫子庙卖油炸臭豆腐干用竹签子穿起来，十个一串，像北京的冰糖葫芦似的，穿了薄纱的旗袍或连衣裙的女郎，描眉画眼，一人手里拿了两三串臭豆腐，边走边吃，也是一种景观，他处所无。

吃臭，不只中国有，外国也有，我曾在美国吃过北欧的臭启司。招待我们的诗人保罗·安格尔，以为我吃不来这种东西。我连王致和臭豆腐都能整块整块地吃，还在乎什么臭启司！待老夫吃一个样儿叫你们见识见识！

一九九六年三月二十七日

张郎且莫笑郭郎

我从小就爱看漫画。家里订了老《申报》，《申报》有杂文版，杂文版每天有一幅漫画，漫画的作者是杨清磐和丁悚。丁悚即丁聪的父亲，人称"老丁"。丁聪所以被称为"小丁"，大概和他的令尊称为"老丁"有关。杨清磐和丁悚好像是包了这块地盘，"轮流值班"，一天不落。他们作画都很勤，而画风互异，一望而知。杨清磐用笔柔细飘逸，而丁悚则比较奔放老辣，于人事有较深的感慨。我曾经见过一张老丁的画，画面简练：一个人在扬袖而舞；另一人据案饮酒，神情似在对舞者的嘲笑。画之右侧题诗一首：

> 张郎当筵笑郭郎，
>
> 笑他舞袖太郎当。
>
> 若教张郎当筵舞，
>
> 恐更郎当舞袖长。

不知道是谁的诗，是老丁自己的大作还是借用别人的？诗是通俗好懂的，但是很有意思，读起来也很好听，因此我看过就记住了，差不多过了七十年了，还记得。人的记忆也很怪。不过主要还是因为诗和画都好。

现在能画这样的画——笔意在国画和漫画之间，能题这样也深也浅，富于阅历的诗的画家似乎没有了。这样的画家要具备两个条件：一是得是画家，二是得是诗人。

我曾把老丁题画诗抄给小丁，他说他一点印象也没有，岂有此理！

小丁说他对老大人的画，一张也没有保留下来。我建议丁聪在其"家长"协助下，把丁悚的作品搜集搜集，出一本《丁悚画集》。这对丁悚是个纪念，同时也可供医学界研究小丁身上的遗传基因是怎样来的。

一九九七年一月十日

无意义诗

我的儿子，他现在已经三十多岁，当了父亲了，小时候曾住过新华社的"少年之家"。有一次"少年之家"开晚会，他们，一群男孩子，上台去唱歌。他们神色很庄重。指挥一声令下："预备——齐！"他们大声唱了：

　　排着队，

　　唱着歌，

　　拉起大粪车！

　　花园里，

　　花儿多，

　　马蜂蛰了我！

老师傻了眼了：这是什么歌？

这是这帮男孩子自己创作的歌。他们都会唱，而且在"表演"时感情充沛。我觉得歌很美，而且很使我感动。

若干年后，我仔细想想，这是孩子们对于强加于他们的过于正经的歌曲的反抗，对于廉价的抒情的嘲讽。这些孩子是伟大的喜剧诗人，他们已经学会用滑稽来撕破虚伪的严肃。

我的女儿曾到黑龙江参加军垦（她现在也已经当了母亲了）。她们那里忽然流行了一首歌。据说这首歌是从北京传过去的。后来不只是黑龙江，许多地区的"军垦战士"都唱起来了：

　　有一个小和尚，

　　泪汪汪，

　　整天想他娘。

　　想起了他的娘，

　　真不该，

　　叫他当和尚！

他们唱这首歌唱得很激动，他们用歌声来宣泄他们的复杂的、难于言传的强烈的感情。这种感情难道我们不能体会么？上述两首歌可以说是无意义的，但是，也是有意义的。

英国曾有几个诗人专写"无意义诗"，朱自清先生曾作专文介绍。

许多无意义诗都是有意义的。我们不应当于诗的表面意义上寻求其意义，而应该结合时代背景、于无意义中感受其意义。在一个不自由的时代，更当如此；在一个开始有了自由的时代，我们可以比较真切地捉摸出其中的意义了。

才子赵树理

赵树理是个高个子。长脸。眉眼也细长。看人看事，常常微笑。

他是个农村才子。有时赶集，他一个人能唱一台戏。口念锣鼓，拉过门，走身段，夹白带做还误不了唱。他是长治人，唱的当然是上党梆子。他在单位晚会上曾表演过。下班后他常一个人坐在传达室里，用两个指头当鼓箭，敲打锣鼓，如醉如痴，非常"投入"。严文井说赵树理五音不全。其实赵树理的音准是好的，恐怕倒是严文井有点五音不全，听不准。不过他的高亢的上党腔实在有点吃他不消！他爱"起霸"，也是揸手舞脚，看过北京的武生起霸，再看赵树理的，觉得有点像螳螂。

他能弹三弦，不常弹。他会刻图章，我没有见过。他的字写得很好，是我见过的作家字里最好的，他的散文《写金字》写的大概是他自己的真事。字是欧字底子，结体稍长，字如其人。他的稿子非常干净，极少涂改。他写稿大概不起草。我曾见过他的底稿，只是一些人物名姓，东一个西一个，姓名之间牵出一些细线，这便是原稿了，考虑成熟，一口呵成。赵树理衣着不讲究，但对写稿有洁癖。他痛恨人把他文章中的"你"字改成"妳"字（有一个时期有些人爱写"妳"字，这是一种时髦），说："当面说话，第二人称，为什么要分性别？——妳也不读你！"他在一篇稿子的页边批了一行字：排版校对同志请注意，文内所有你字，一律不准改为"妳"，否则要负法律责任。这篇稿了是经我手发的，故记得很清楚。

赵树理是《说说唱唱》副主编，实际上是执行主编。他是负责发稿的。有时没有好稿，稿发不出，他就从编辑部抱了一堆稿子回屋里去看，不好，就丢在一边，弄得一地都是废稿。有时忽然发现一篇好稿，就欣喜若狂。他说这种编辑方法是"绝处逢生"。陈登科的《活人塘》就是这样发现的。这篇作品能够发表也真有些偶然，因为稿子有许多空缺的字和陈登科自造的字，有一个禹字，大家都猜不出，后来是康濯猜出来了，是"趴"，马（马的繁体字）没有四条腿，可不是趴下了？写信去问陈登平，果然！

有时实在没有好稿，康濯就说："老赵，你自己来一篇吧！"赵树理关上门，写出了一篇名著《登记》。

赵树理吃食很随便，随例看到路边的一个小饭摊，坐下来就吃。后来是胡乔木同志跟他说："你这么乱吃，不安全，也不卫生。"他才有点选择。他爱喝酒。每天晚上要到霞公府间壁一条胡同的馄饨摊上，来二三两酒，一碟猪头肉，吃两个芝麻烧饼，喝一碗馄饨。他和老舍感情很好。每年老舍要在家里请市文联的干部两次客，一次是菊花开的时候，赏菊；一次是腊月二十三，老舍的生日。赵树理必到，喝酒，划拳。老赵划拳与众不同，两只手出拳，左右开弓，一会用左手，一会儿用右手。老舍摸不清老赵的拳路，常常败北。

赵树理很有幽默感。赵树理的幽默和老舍的幽默不同。老舍的幽默是市民式的幽默，赵树理的幽默是农民式的幽默。他常常想到一点什么事，独自咕咕地笑起来，谁也不知道他笑的什么。他爱给他的小说里的人起外号：翻得高、糊涂涂。他写的散文中有个国民党小军官爱训话，训话中爱用"所以"，而把"所以"联读成为"水"，于是农民听起来很奇怪：他干嘛老说"水"呀？他写的《催租史》是为了"显派"，戴了一副红玻璃的眼镜，眼镜度数不对，他就这样深一脚浅一脚地在农村的土路上走。

他抨击时事，也往往以幽默的语言出之。有一个时期，很多作品对农村情况多粉饰夸张，他回乡住了一阵，回来作报告，说农村情况不像许多作品那样好，农民还很苦，城乡差别还很大，说，我这块表，在农村可以买五头毛驴，这是块"五驴表！"他因此受到批评。

赵树理的小说有其独特的抒情诗意。他善于写农村的爱情，农村的女性。她们都很美，小飞蛾（《登记》）是这样，小芹（《小二黑结婚》）也是这样，甚至三仙姑（《小二黑结婚》）也是这样。这些，当然有赵树理自己的感情生活的忆念，是赵树理的初恋感情的折射。但是赵树理对爱情的态度是纯真的，圣洁的。

某市文联有一个干部是一个一贯专搞男女关系的淫棍。他的乱搞简直到了不可想象的地步。他很注意保养，每天喝一大碗牛奶。看传达室的老田在他的背后说："你还喝牛奶，你每天吃一条牛也不顶！"此人和一个女的胡搞，用赵树理的大衣垫在下面，把赵树理的一件貂皮领子礼服呢面的狐皮大衣弄脏了。赵树理气极了，拿了这件大衣去找文联副主席，说："这是怎么回事！"事隔多日，老赵调回山西，大家送他出门，老赵和大家一一握手。此人也来了，老赵趴在地下给他磕了一个头，说："我可不跟你在一起了！"

林斤澜！哈哈哈哈……

  林斤澜这个名字很怪。他原名庆澜，意思是庆祝河水安澜，大概生他那年他们家乡曾遭过一次水灾，后来水退了。不知从哪年，他自己改名"斤澜"。我跟他说过，"斤澜"没讲，他也说：没讲！他们家的人名字都有点怪。夫人叫"古叶"，女儿叫"布谷"。大概都是他给起的。斤澜好怪，好与众不同。他的《矮凳桥风情》里有三个女孩子，三姐妹叫笑翼、笑耳、笑杉。小城镇哪里会有这样的名字呢？我捉摸了很久，才恍然大悟：原来只是小一、小二、小三。笑翼的妈妈给儿女起名字时不会起这样的怪名字的，这都是林斤澜搞的鬼。夏尚质，周尚文，林尚怪。林斤澜被称为"怪味胡豆"，罪有应得。

  斤澜曾患心脏病，三十岁就得过一次心肌梗死。后来又得过一次，但都活下来了。六十岁时他就说过他活得已经够了本，再活就是

斤澜的生活是很平民化的

他不爱洗什么桑那浴

愿意在澡塘的大池子里水很烫泡一泡，泡得大汗淋漓，

白饶。斤澜的身体不算好，但他不在乎。我这些年出外旅游，总是
"逢高不上，遇山而止"，斤澜则是有山就爬。他慢条斯理的，一步
一步地走，还误不了看山看水，结果总是他头一个到山顶。一览众山
小，笑看众头低。他应该节制饮食，但是他不，每有小聚，他都是谈
笑风生，饮啖自若。不论是黄酒、白酒、葡萄酒、啤酒，全都招呼。
最近有一次，他同时喝了三种酒。人常说酒喝杂了不好，斤澜说：

"没事！"斤澜爱吃肉。"三天不吃肉就觉得难受。"他吃肉不讲究部位，冰糖肘子、腌笃鲜、蒜泥白肉，都行。他爱吃猪头肉，尤其爱吃"拱嘴"——猪鼻子，以为乃人间之"大美"。他是温州人，说起生吃海鲜，眉飞色舞。吃海鲜，喝黄酒，嘿！不过温州的"老酒汗"（黄酒再蒸一次）我实在喝不出好来。温州人还有一种喝法，在黄酒里加鸡蛋，煮热，这算什么酒！斤澜的吃喝是很平民化的。我和他曾在屯溪街头一小吃店的檐下，就一盘煮螺蛳，一人喝了两瓶加饭酒。他爱吃豆腐，老豆腐、嫩豆腐、毛豆腐、臭豆腐，都好。煎炒煮炸，都好。我陪他在乐山小饭馆吃了乡坝头上的菜豆花，好！

斤澜的生活是很平民化的。他不爱洗什么桑拿浴，愿意在澡堂的大池子里（水很烫）泡一泡，泡得大汗淋漓，浑身作嫩红色。他大概是有几身西服的，但我从未见过他穿了整齐的套服，打了领带。他爱穿夹克，里面是条纹格子衬衫。衬衫就是街上买的，棉料的多，颜色倒是不怕花哨。

斤澜的平民化生活习惯来自于他对生活的平民意识。这种平民意识当然会渗入他的作品。

斤澜的哈哈笑是很有名的。这是他的保护色。斤澜每遇有人提到某人、某事，不想表态，就把提问者的原话重复一次，然后就殿以哈哈的笑声。"×××，哈哈哈哈……""这件事，哈哈哈哈……"把想要从口中掏出他的真实看法的新闻记者之类的人弄得莫名其妙，斤澜这种使人摸不着头脑抓不住尾巴的笑声，使他摆脱了尴尬，而且得到一层安全的甲壳。在反"右派"运动中，他就是这样应付过来的。林斤澜不被打成"右派"，是无天理，因此我说他是"漏网右派"，他也欣然接受。

斤澜极少臧否人物，但是是非清楚，爱憎分明。他一直在北京市文联工作，对市文联的领导，一般干部的遗闻佚事了如指掌。比如老舍挨斗，是他亲眼所见，亲耳所闻，揭发批判老舍的人是赖也赖不掉的。他觉得萧军有骨头有侠气，真是一条汉子。红卫兵想要萧军低头认罪，萧军就是不低头，两腿直立，如同生了根。萧军没有动手，他说："我要是一动手，七八个小青年就得趴下。"红卫兵斗骆宾基，萧军说："你们谁敢动骆宾基一根毫毛！"京剧演员荀慧生病重，是萧军背着他上车的。"文革"后，文联作协批斗浩然，斤澜听着，忽然大叫："浩然是好人哪！"当场昏厥。斤澜平时似很温和，总是含笑看世界，但他的感情是非常强烈的。

斤澜对青年作家（现在都已是中年了）是很关心的。对他们的作品几乎一篇不落地都看了，包括一些评论家的不断花样翻新，用一种不中不西稀里古怪的语言所写的论文。他看得很仔细，能用这种古怪语言和他们对话。这一点，他比我强得多。

林斤澜！哈哈哈哈……

一九九七年

炸弹和冰糖莲子

我和郑智绵曾同住一个宿舍。我们的宿舍非常简陋，草顶、土坯墙；墙上开出一个一个方洞，安几根带皮的直立的木棍，便是窗户。睡的是双层木床，靠墙两边各放十张，一间宿舍可住四十人。我和郑智绵是邻居。我住三号床的下铺，他住五号床的上铺。他是广东人，他说的话我"识听唔识讲"，我们很少交谈。他的脾气有些怪：一是痛恨京剧，二是不跑警报。

我那时爱唱京剧，而且唱的是青衣（我年轻时嗓子很好）。有爱唱京剧的同学带了胡琴到我的宿舍来，定了弦，拉了过门，我一张嘴，他就骂人：

"丢那妈！猫叫！"

那二年日本飞机三天两头来轰炸，郑智绵绝对不跑警报。他干什么呢？他留下来煮冰糖莲子。

广东人爱吃甜食，郑智绵是其尤甚者。金碧路有一家广东人开的甜食店，卖绿豆沙、芝麻糊、番薯糖水……番薯糖水有什么吃头？然

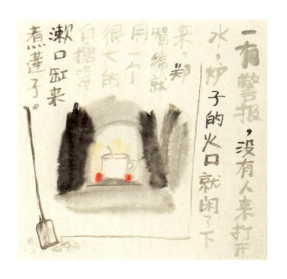

一有警报，没有人来打开水，炉子的火口就闲了下来，郑智绵就用一个很大的白搪瓷漱口缸来煮莲子。

而郑智绵说"好嘢！"不过他最爱吃的是冰糖莲子。

西南联大新校舍大图书馆西边有一座烧开水的炉子。一有警报，没有人来打开水，炉子的火口就闲了下来，郑智绵就用一个很大的白搪瓷漱口缸来煮莲子。莲子不易烂，不过到解除警报响了，他的莲子也就煨得差不多了。

一天，日本飞机在新校舍扔了一枚炸弹，离开水炉不远，就在郑智绵身边。炸弹不大，不过炸弹带了尖锐哨音往下落，在土地上炸了一个坑，还是挺吓人的。然而郑智绵照样用汤匙搅他的冰糖莲子，神色不动。到他吃完了莲子，洗了漱口缸，才到弹坑旁边看了看，捡起一个弹片（弹片还烫手），骂了一声：

"丢那妈！"

一九九七年三月十八日

金岳霖先生

西南联大有许多很有趣的教授，金岳霖先生是其中的一位。金先生是我的老师沈从文先生的好朋友。沈先生当面和背后都称他为"老金"。大概时常来往的熟朋友都这样称呼他。关于金先生的事，有一些是沈先生告诉我的。我在《沈从文先生在西南联大》一文中提到过金先生。有些事情在那篇文章里没有写进，觉得还应该写一写。

金先生的样子有点怪。他常年戴着一顶呢帽，进教室也不脱下。每一学年开始，给新的一班学生上课，他的第一句话总是："我的眼睛有毛病，不能摘帽子，并不是对你们不尊重，请原谅。"他的眼睛有什么病，我不知道，只知道怕阳光。因此他的呢帽的前檐压得比较低，脑袋总是微微地仰着。他后来配了一副眼镜，这副眼镜一只的镜片是白的，一只是黑的。这就更怪了。后来在美国讲学期间把眼睛治好了，——好一些，眼镜也换了，但那微微仰着脑袋的姿态一直还没有改变。他身材相当高大，经常穿一件烟草黄色的麂皮夹克，天冷了就在里面围一条很长的驼色的羊绒围巾。联大的教授穿衣服是各色各样的。闻一多先生有一阵穿一件式样过时的灰色旧夹袍，是一个亲戚送给他的，领子很高，袖口极窄。联大有一次在龙云的长子、蒋介石的干儿子龙绳武家里开校友会，——龙云的长媳是清华校友，闻先生在会上大骂"蒋介石，王八蛋！混蛋！"那天穿的就是这件高领窄袖的旧夹袍。朱自清先生有一阵披着一件云南赶马人穿的蓝色毡子。除了体育教员，教授里穿夹克的，好像只有金先生一个人。他的眼神即使是到美国治了后也还是不大好，走起路来有点深一脚浅一脚。他就这样穿着黄夹克，微仰着脑袋，深一脚浅一脚地在联大新校舍的一条土路上走着。

金先生教逻辑。逻辑是西南联大规定文学院一年级学生的必修课，班上学生很多，上课在大教室，坐得满满的。在中学里没有听说有逻辑这门学问，大一的学生对这课很有兴趣。金先生上课有时要提问，那么多的学生，他不能都叫得上名字来，——联大是没有点名册的，他有时一上课就宣布："今天，穿红毛衣的女同学回答问题。"于是所有穿红毛衣的女同学就都有点紧张，又有点兴奋。那时联大女生在蓝阴丹士林旗袍外面套一件红毛衣成了一种风气。——穿蓝毛衣、黄毛衣的极少。问题回答得流利清楚，也是件出风头的事。金先生很注意地听着，完了，说："Yes！请坐！"

学生也可以提出问题，请金先生解答。学生提的问题深浅不一，金先生有问必答，很耐心。有一个华侨同学叫林国达，操广东普通话，最爱提问题，问题大都奇奇怪怪。他大概觉得逻辑这门学问是挺"玄"的，应该提点怪问题。有一次他又站起来提了一个怪问题，金先生想了一想，说："林国达同学，我问你一个问题：Mr.林国达is perpenticular to the blackboard（林国达君垂直于黑板），这什么意思？"林国达傻了。林国达当然无法垂直于黑板，但这句话在逻辑上没有错误。

林国达游泳淹死了。金先生上课，说："林国达死了，很不幸。"这一堂课，金先生一直没有笑容。

有一个同学，大概是陈蕴珍，即萧珊，曾问过金先生："您为什么要搞逻辑？"逻辑课的前一半讲三段论，大前提、小前提、结论、周延、不周延、归纳、演绎……还比较有意思。后半部全是符号，简直像高等数学。她的意思是：这种学问多么枯燥！金先生的回答是："我觉得它很好玩。"

除了文学院大一学生必修逻辑，金先生还开了一门"符号逻辑"，是选修课。这门学问对我来说简直是天书。选这门课的人很少，教室里只有几个人。学生里最突出的是王浩。金先生讲着讲着，有时会停下来，问："王浩，你以为如何？"这堂课就成了他们师生二人的对话。王浩现在在美国。前些年写了一篇关于金先生的较长的文章，大概是论金先生之学的，我没有见到。

王浩和我是相当熟的。他有个要好的朋友王景鹤，和我同在昆明黄土坡一个中学教书，王浩常来玩。来了，常打篮球。大都是吃了午饭就打。王浩管吃了饭就打球叫"练盲肠"。王浩的相貌颇"土"，脑袋很大，剪了一个光头，——联大同学剪光头的很少，说话带山东口音。他现在成了洋人——美籍华人，国际知名的学者，我实在想象不出他现在是什么样子。前年他回国讲学，托一个同学要我给他画一张画。我给他画了几个青头菌、牛肝菌、一根大葱，两头蒜，还有一

块很大的宣威火腿。——火腿是很少入画的。我在画上题了几句话，有
一句是"以慰王浩异国乡情。"王浩的学问，原来是师承金先生的。一
个人一生哪怕只教出一个好学生，也值得了。当然，金先生的好学生不
止一个人。

　　金先生是研究哲学的，但是他看了很多小说。从普鲁斯特到福尔
摩斯，都看。听说他很爱看平江不肖生的《江湖奇侠传》。有几个联
大同学住在金鸡巷，陈蕴珍、王树藏、刘北汜、施载宣（萧荻）。楼上
有一间小客厅。沈先生有时拉一个熟人去给少数爱好文学、写写东西的
同学讲一点什么。金先生有一次也被拉了去。他讲的题目是《小说和哲
学》。题目是沈先生给他出的。大家以为金先生一定会讲出一番道理。

这只斗鸡能把脖子伸上来，和金先生一个桌子吃饭。

不料金先生讲了半天，结论却是：小说和哲学没有关系。有人问：那么《红楼梦》呢？金先生说："红楼梦里的哲学不是哲学。"他讲着讲着，忽然停下来："对不起，我这里有个小动物。"他把右手伸进后脖颈，捉出了一个跳蚤，捏在手指里看看，甚为得意。

金先生是个单身汉（联大教授里不少光棍，杨振声先生曾写过一篇游戏文章《释鳏》，在教授间传阅），无儿无女，但是过得自得其乐。他养了一只很大的斗鸡（云南出斗鸡）。这只斗鸡能把脖子伸上来，和金先生一个桌子吃饭。他到处搜罗大梨、大石榴，拿去和别的教授的孩子比赛。比输了，就把梨或石榴送给他的小朋友，他再去买。

金先生朋友很多，除了哲学家的教授外，时常来往的，据我所知，有梁思成、林徽因夫妇，沈从文，张奚若……君子之交淡如水，坐定之后，清茶一杯，闲话片刻而已。金先生对林徽因的谈吐才华，十分欣赏。现在的年轻人多不知道林徽因。她是学建筑的，但是对文学的趣味极高，精于鉴赏，所写的诗和小说如《窗子以外》《九十九度中》风格清新，一时无二。林徽因死后，有一年，金先生在北京饭店请了一次客，老朋友收到通知，都纳闷：老金为什么请客？到了之后，金先生才宣布："今天是徽因的生日。"

金先生晚年深居简出。毛主席曾经对他说："你要接触接触社会。"金先生已经八十岁了，怎么接触社会呢？他就和一个蹬平板三轮车的约好，每天载着他到王府井一带转一大圈。我想象金先生坐在平板三轮上东张西望，那情景一定非常有趣。王府井人挤人，熙熙攘攘，谁也不会知道这位东张西望的老人是一位一肚子学问，为人天真、热爱生活的大哲学家。

金先生治学精深，而著作不多。除了一本大学丛书里的《逻辑》，我所知道的，还有一本《论道》。其余还有什么，我不清楚，须问王浩。

我对金先生所知甚少。希望熟知金先生的人把金先生好好写一写。

联大的许多教授都应该有人好好地写一写。

一九八七年二月二十三日

猴王的罗曼史

　　游索溪峪，陪同我的老万说，有一处山坳里养着一群猴子，看猴子的人会唱猴歌，通猴语，他问我有没有兴趣去看看，我说：有！

　　看猴的五十多岁了，独臂，他说他家五代都在山里捉猴子。他说猴有猴群，"人"数不等，二三十只到近百只的都有，猴群有王。王是打出来的。每年都要打一次。哪一只公猴子把其他的公猴都打败了（母猴不参加），它就是猴王。猴王一到，所有的猴子都站在两边。除了大王，还有二王、三王。

　　这里的这群猴原来是山里的野猴，有一年下大雪，山里没吃的，猴群跑到这里来，他撒一点苞谷喂喂它们，这群猴就在这里定居了。

　　猴群里所有的母猴名义上都是猴王的姬妾，但是猴王有一个固定的大老婆，即猴后。别的母猴和其他公猴"做爱"，猴王也是睁一眼闭一眼，但是正室大夫人绝对不许乱搞。这群猴的猴后和别的公猴乱搞，被原先的猴王发现，它就把猴后痛打一顿，逐到山里去了。这猴后到山里跟另一猴群的二王结了婚，还生了个猴太子。后来这群猴的猴王死了，猴后回来看了看，就把它的第二个丈夫迎了来，招婿上门，当了这群猴的猴王。

　　谁是猴王？一看就看得出来。它比别的猴子要魁伟得多，毛色金黄发亮。脸型也有点特别，下腭不尖而方。双目炯炯，样子很威严，的确有点帝王气象。跟它贴身坐着的，想必即是猴后，也很像一位命妇。

猴王是有权的。两只猴子吵起来，甚至扭打起来，它会出面仲裁，大声呵斥，或予痛责。除此之外，也没有什么尊贵。小猴子手里的食物它照样抢过来吃。

我们问这位独臂老汉："你是通猴语么？"他说猴子有语言，有五十几个"字"，即能发出五十几种声音，每一种声音表示一定的意思。

有几个外地来的青年工人和猴子玩了半天，喂猴吃东西，还和猴子一起照了很多相。他们站起身来要走了，猴王猴后并肩坐在铁笼里吭吭地叫了几声，神情似颇庄重。我问看猴人："它们说什么？"他说："你们走了，再见！"这几个青年走上山坡，将要拐弯，猴王猴后又吭吭了几声。我问看猴老汉："这是什么意思？"他说："它们说：慢走。"

我不大相信。可是等我和老万向看猴老汉告辞的时候，猴王猴后又复并肩而坐，吭吭几声；等我们走上山坡，它们又是同样地吭吭叫了几声。我不得不相信这位朴朴实实的独臂看猴老汉所说的一切。

我向老汉建议：应当把猴语的五十几个单音字录下来，由他加以解释，留一份资料。他说管理处的小张已经录了。

老万告诉我：这老汉会唱猴歌。他一唱猴歌，山里的猴子就会奔来。我问他："你会唱猴歌吗？"他说："猴歌啊？……"笑而不答，不置可否。

多此一举

信封上印画

我每次到文具店，问："有没有纯白的信封？"售货员摇摇头。"为什么要在信封上印画？"售货员白了我一眼，她大概觉得这个人莫名其妙。

中国的信封有三大缺点。一是纸质太坏，不结实。二是尺寸太小，只有一张明信片那样大，多写了几张纸，折起来，塞进去，一不小心，就会胀破。三是左下角都印了画：任率英的仕女，曹克英的猫，徐悲鸿的马……信封是装信的，有地方写下收信人和寄信人的姓名、地址、邮政编码，清清楚楚，就很好，为什么要印画呢？也许有些小姑娘喜欢，她们买信封时还会挑来挑去，挑几个最好看的。但是多数寄信的人在封信前后不会从容欣赏这些画。收信人接到信也都刺啦一声把信封扯破，不会对信封上的画爱惜珍藏。为了照顾小姑娘们的审美趣味，在少量信封上印一点画也可以，但是所有信封一概印画，实是一种浪费。而且说实在的，印画的信封，小气得很。

上海最近出了一种白信封，纸质比较坚实，大小也合适：8寸×3

寸。国际通用的信封，大都是这样的规格。我希望北京的印封厂也能出这样的信封。信封的封口处最好能刷一层胶，沾水即可粘住。

附带说一句，邮票背面也应该刷胶。现在是邮局大都设一张人造石面的桌，置胶水一器，由寄信人用小刷自己去涂，这张桌面于是淋漓尽致，一塌糊涂。

工艺菜

很多人反对工艺菜，有人写了文章。但是你反对你的，特级厨师照样做，酒席上照样上，杂志里照样登上彩色照片，电视上还详详细细介绍工艺菜的全部制作过程，似乎这是中国值得骄傲的文化。

菜是吃的，不是看的。菜重色、香、味，当然也要适当地考虑形。苏州的红方，要把五花硬肋切成正方形。镇江的肴蹄要切成同样大小的厚片。广州的白斩鸡要把鸡脯鸡腿鸡翅在盘里安排妥帖。南方的拌荠菜上桌时堆成塔形。菜不能没个形，这样做，是为了引起人的食欲，见到这样的形，立刻就想到熟悉的、预期的滋味。

把煮得七八成熟的瘦猪肉片、鸡片、鸡蛋皮、胡萝卜、紫菜头、樱桃、黄瓜皮，在大白磁盘里拼出一条龙、一只凤，有什么意思？既不好看，也不好吃，只能叫人倒胃口。

工艺菜不是烹调艺术的正路，而是邪门歪道。

一九八八年七月十日

苏三、宋士杰和穆桂英

　　洪洞县的出名，是因为有了京剧《玉堂春》。"苏三离了洪洞县"，凡有井水处都有人会唱，至少听过。我到山西，曾特为到洪洞县去弯了一趟，去看苏三遗迹。

　　一位本地研究苏三传说的专家陪着我们参观。进了县政府的大堂，这位专家告诉我们：苏三就是在这里受审的。他还指了一块方砖，说：她就跪在这块砖上回话的。他说苏三的案卷原来还保存在县里，后来叫一个国民党军官拿走了。

　　我们参观了苏三监狱。这是一座很小的监狱。监门只有普通人家的独扇门那样大。门头上画着一个老虎脑袋，这就是所谓"狴犴"了。进门，外边是男监。往里走，过一个窄胡同，是女监。女监是一个小院子，除了开门的一边，三间都有监号。专家指指靠北朝南的一个号子，说苏三就是关在这里的。院子当中有一口井，不大，青石井栏。据说苏三就是从这口井里汲水洗头洗脸洗衣裳的。井栏的内圈已经叫井绳磨出一道一道很深的沟槽。没有几百年的工夫，是磨不出这样的沟的。这座监狱据说明朝就有，这是全国保存下来少数明代监狱里的一个，这是有记载可查的。如果有一个苏三，苏三曾蹲过洪洞县的监狱，那么便只能是在这里。苏三从这口井里汲水，这想象很美，同时不能不引起人的同情。

我们还去参观赵监生买砒霜的药铺。当年盛砒霜的药罐还在，白地青花，陈放在柜台的一头，下面垫了一块红布，——那当然是为了引人注目。这家药铺是明代就有的。砒霜是剧毒，盛砒霜的罐子是不能随便倒换的。如果有一个赵监生，他来买过砒霜，那么便只有取之于这个药罐。据我的一点关于瓷器的知识，这倒真是明青花。

据说洪洞县过去是禁演《玉堂春》的，因为戏里有一句"洪洞县内无好人"。洪洞县的人真可爱，何必那样认真呢？有人曾著文考证，力辟苏三监狱之无稽，苏三根本不是历史人物，《玉堂春落难逢夫》纯属小说家言，关于苏三的遗迹都是附会。这些有考据癖的先生也很可爱，何必那样认真呢？洪洞县的人愿意那样相信，你就让他相信去得了嘛！

河南信阳州宋士杰开的店原来还在，店门的门槛是铁的。铁门槛，这很有意思！这当然也是附会。

如果都认真考据，那就没完了。山海关外有多少穆桂英的点将台？几乎凡有一块比较平整的大石头，都是穆桂英的点将台！

老百姓相信许多虚构的戏曲人物是真有的，他们附会出许多戏曲人物的古迹，并且相信。这反映了市民和农民的爱憎。这是民族心理结构的一个层次，我们应该重视、研究。不只是"姑妄听之"而已。这一点，倒是可以认一点真。

一九八七年三月九日

醉·眼

名实篇

　　我浑身上下无名牌，除了口袋里有时有一盒名牌烟。叫我谈名牌，实在是赶鸭子上架。我只能说一点极其一般的老生常谈。

　　"牌子"是外来语，中国原先没有这个东西。"牌子"是商标，更精确一点是"注册商标"。原文是Trade mark。最初引进的可能是广东人。广东四五十年前出了一种花露水，瓶子上贴了印了两个广东妞的图画，有字："双妹唛"——后来为了通行全国，改成了"双妹老牌花露水"。但是"唛"这个字并未消失。有一种长方形扁铁桶装的花生油，还叫作"骆驼唛"。我的女儿管这种油叫作"骆驼妈"。

　　中国没有牌子，但有字号。有的字号标明××为记，这"为记"实近似商标。如北京后门桥一家卖酱菜的在门口挂一个大葫芦，这本是一个幌子，但成了这一家的字号，有一个时期与六必居、天源鼎足而立，后来不知道为什么歇业了。有的药品以创制的人为记。昆明云南白药的方单印着曲焕章的照片，北京长春堂的避瘟散的外包装上印着发明这种药的老道的像。曲焕章、老道的玉照，实起了牌子的作用。老字号、名牌，有时是分不清的。王麻子、张小泉，是字号，也是商标。

　　牌子的兴起，最初大概是香烟。人买烟，都得认准了是什么牌子的。一时从南到北到处充斥各种中外名牌烟：555、三炮台、绞盘牌、老刀牌、红锡包；骆驼牌、Luckystrike、吉士斐儿、万宝路……中国烟则有大前门、美丽牌。其后才出现另种名牌商品。最初是"天虚我生新发明"的无敌牌牙粉、三友实业社的三角牌床单、天厨味精、奇异牌电灯泡……这些名牌，有的退步了，有些消失了。考察一下名牌的兴衰史，可以作为今天创保名牌的借鉴。

名的基础是实。"名者实之宾"，"实至名归"，这是常识，也是真理。要出名，先得东西地道。北京人的俗话说："人叫人千声不语，货叫人点手就来"，说得很形象。

创名牌不易，保名牌尤难。关键是质量。

以烟卷为例。"红塔山"现在已经是无可争议的国产烟的头块牌了。原来可不是这样。在云南名烟中，"红塔山"只是位居第三。为什么能够力挫群雄，扶摇直上呢？因为玉溪卷烟厂非常重视质量，厂领导认为质量是企业的生命。他们严格把好两道质量关。一是保证烟叶的质量。他们说玉烟的第一车间不在厂里，而在田间。厂方对烟农在农药、化肥等方面给予很大的帮助，但有一个条件：你得给我一级烟叶。第二是烟叶在制造前一定要储存二年至二年半，这样才能把烟叶中的杂味挥发掉。中药铺的制药作坊挂着一副对子："修合虽无人见，存心自有天知。"制烟也是这样。烟叶的质量、储存时间，是没有人看见的。但是烟也有"天"，这个"天"就是烟民的感觉。

名牌是要靠宣传的，就是做广告。"桃李不言，下自成蹊"是过于古典的说法。"酒好不怕巷子深"未必然。小酒铺贴对联："隔壁三家醉，开坛十里香"，是宣传，是广告，而且很夸张。广告，总

他们说玉烟的第二车间不在厂里，而在田间。

要夸张，但是夸张得有谱。有的广告实在太离谱。上海过去有一个叫黄楚九的人，此人全靠广告起家。他发明了一种药叫"百龄机"，大做广告。他出过一本画册，宣传百龄机"有意想不到之功效"，请上海的名画家作画，图文并茂，每一页宣传意想不到的功效中的一项。有一页画的是一个人在小便，文曰："小便远射有力。"因为这种功效真是"意想不到"，给我留下的印象很深。但是我不会去买百龄机的，因为小便是否远射有力，关系不大。现在有许多高级补药，我看到广告言过其实，总不免想到百龄机，想到小便远射有力。

广告是一门艺术。广告语言要有点文学性。广告语言中最好的，我以为是丰田汽车广告牌上的"车到山前必有路，有路便有丰田车"，头一句运用中国谚语很巧妙，下接"有路便有丰田车"，读起来非常顺口。美丽牌香烟在《申报》《新闻报》做全幅广告，只是两句话——"有美皆备，无丽不臻"，虽然两句的意思是一样的，在诗律中是"合掌"，但是简单明了。而且大家看得多了，便记得住。其次是图像。万宝路在各画报杂志上登的广告，都是同一个牛仔。这个牛仔的形象、气质和万宝路的烟味有相通处，是一幅成功的广告，听说这个牛仔前两年死了，那万宝路以后靠谁来做广告呢？广告上出现的人物形象得讨人喜欢。七喜电视广告上的那个女孩就很可爱。康莱蛋卷广告上那个男孩，"康莱，把营养和美味，卷起来！"看了那个孩子，叫人很想买一盒康莱蛋卷嚼嚼。有的广告是失败的，如一个风雨衣厂的广告，看了叫人莫名其妙。

随着商品经济的发展，名牌的破土解箨，应该培养人们的名牌意识，有些观念需要改变。比如"价廉物美"，在高消费的时期，就不适用，应该代之是"价高物美"。现在"价廉物美"的陈旧观念，还在束缚着一些企业的手脚。名牌意识的普及，有几个方面，一是企业家，一是消费者，一是工商业的领导。名牌需要保护，需要特殊照顾。最重要的是保障原料的供应。举一个例，怎么能做得出不减当年的汽锅鸡和过桥米线呢？要恢复当年的汽锅鸡、过桥米线，首先应恢复武定壮鸡的生产。

一九九三年八月

熬鹰 · 逮獾子

　　北京人骂晚上老耗着不睡的人："你熬鹰哪！"北京过去有养鹰的。养鹰为了抓兔子。养鹰，先得去掉它的野性。其法是：让鹰饿几天，不喂它食；然后用带筋的牛肉在油里炸了，外用细麻线缚紧；鹰饿极了，见到牛肉，一口就吞了；油炸过的牛肉哪能消化呀，外面还有一截细麻线哪；把麻线一拕，牛肉又拕出来了，还拕出了鹰肚里的黄油；这样吞几次，拕几次，把鹰肚里的黄油都拉干净了，鹰的野性就去了。鹰得熬。熬，就是不让它睡觉。把鹰架在胳臂上，鹰刚一迷糊，一闭眼，就把胳臂猛然一抬，鹰又醒了。熬鹰得两三个人轮流熬，一个人顶不住。干吗要熬？鹰想睡，不让睡，它就变得非常烦躁，这样它才肯逮兔子。吃得饱饱的，睡得好好的，浑身舒舒服服地，它懒得动弹。架鹰出猎，还得给鹰套上一顶小帽子，把眼遮住。到了郊外，一摘鹰帽，鹰眼前忽然一亮，全身怒气不打一处来，一翅腾空，看见兔子的影儿，眼疾爪利，一爪子就把兔子叼住了。

　　北京过去还有逮獾子的。逮獾子用狗。一般的狗不行，得找大饭庄养的肥狗。有一种人，专门偷大饭庄的狗，卖给逮獾子的主。狗，先得治治它，把它的尾巴给撅了。把狗捆在一条长板凳上，用擀面杖把尾巴使劲一撅，只听见咯巴咯巴咯巴……狗尾巴的骨节都折了。瞧这狗，屎、尿都下来了。疼啊！干吗要把尾巴撅了？狗尾巴老摇，到了草窝里，尾巴一摇，树枝草叶窸窸地响，獾子就跑了。尾巴撅了，就只能耷拉着了，不摇了。

你说人有多坏，怎么就想出了这些个整治动物的法子！

逮住獾子了，就到处去喝茶。有几个起哄架秧子，傍吃傍喝的帮闲食客"傍"着，提拎着獾子，往茶桌上一放。旁人一瞧："喝，逮住獾子啦！"露脸！多会等九城的茶馆都坐遍了，脸露足了，獾子也臭了，才再想什么新鲜的玩法。

熬鹰、逮獾子，这都是八旗子弟、阔公子哥儿的"乐儿"。穷人家谁玩得起这个！不过这也是一种文化。

獾油治烧伤有奇效。现在不好淘换了。

鸟

　　早晨九点钟，在跑马地一带闲走。香港人起得晚，商店要到十一点才开门，这时街上人少，车也少，比较清静。看见一个人，大概五十来岁，手里托着一只鸟笼。这只鸟笼的底盘只有一本大32开的书那样大，两层，做得很精致。这种双层的鸟笼，我还是头一次见到。楼上楼下，各有一只绣眼。香港的绣眼似乎比内地的也更为小巧。他走得比较慢，近乎是在散步。——香港人走路都很快，总是匆匆忙忙，好像都在赶着去办一件什么事。在香港，看见这样一个遛鸟的闲人，我觉得很新鲜。至少他这会儿还是清闲的，——也许过一个小时他就要忙碌起来了。他这也算是遛鸟了，虽然在林立的高楼之间，在狭窄的人行道上遛鸟，不免有点滑稽。而且这时候遛鸟，也太晚了一点。——北京的遛鸟的这时候早遛完了，回家了。莫非香港的鸟也醒得晚？

　　在香港的街上遛鸟，大概只能用这样精致的双层小鸟笼。

　　像徐州人那样可不行。——我忽然想起徐州人遛鸟。徐州人养百灵，笼极高大，高三四尺（笼里的"台"也比北京的高得多），无法手提，只能用一根打磨得极光滑的枣木秆子做扁担，把鸟笼担着。或两笼，或三笼、四笼。这样的遛鸟，只能在旧黄河岸，慢慢地走。如果在香港，担着这样高大的鸟笼，用这样的慢步遛鸟，是绝对不行的。

我告诉张辛欣，我看见一个香港遛鸟的人，她说："你就注意这样的事情！"我也不禁自笑。

在隔海的大屿山，晨起，听见斑鸠叫。艾芜同志正在散步，驻足而听，说："斑鸠。"意态悠远，似乎有所感触，又似乎没有。

宿大屿山，夜间听见蟋蟀叫。

临离香港，被一个记者拉住，问我对香港的观感，匆促之间，不暇细谈，我只说："眼花缭乱，应接不暇。"并说我在香港听到了斑鸠和蟋蟀，觉得很亲切。她问我斑鸠是什么，我只好模仿斑鸠的叫声，她连连点头。也许她听不懂我的普通话，也许她真的对斑鸠不大熟悉。

香港鸟很少，天空几乎见不到一只飞着的鸟，鸦鸣鹊噪都听不见，但是酒席上几乎都有焗禾花雀和焗乳鸽。香港有那么多餐馆，每天要消耗多少禾花雀和乳鸽呀！这些禾花雀和乳鸽是哪里来的呢？对于某些香港人来说，鸟是可吃的，不是看的、听的。

城市发达了，鸟就会减少。北京太庙的灰鹤和宣武门城楼的雨燕现在都没有了。但是我希望有关领导在从事城市建设时，能注意多留住一些鸟。

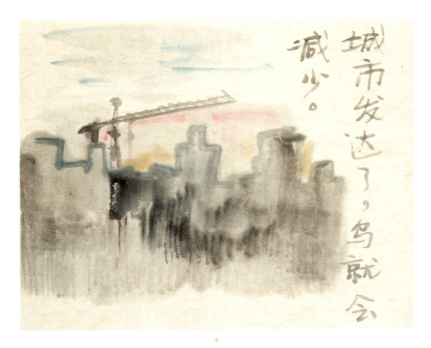

城市发达了，鸟就会减少。

北京人的遛鸟

遛鸟的人是北京人里头起得最早的一拨。每天一清早，当公共汽车和电车首班车出动时，北京的许多园林以及郊外的一些地方空旷、林木繁茂的去处，就已经有很多人在遛鸟了。他们手里提着鸟笼，笼外罩着布罩，慢慢地散步，随时轻轻地把鸟笼前后摇晃着，这就是"遛鸟"。他们有的是步行来的，更多的是骑自行车来的。他们带来的鸟有的是两笼——多的可至八笼。如果带七八笼，就非骑车来不可了。车把上、后座、前后左右都是鸟笼，都安排得十分妥当。看到它们平稳地驶过通向密林的小路，是很有趣的，——骑在车上的主人自然是十分潇洒自得，神清气朗。

养鸟本是清朝八旗子弟和太监们的爱好，"提笼架鸟"在过去是对游手好闲、不事生产的人的一种贬词。后来，这种爱好才传到一些辛苦忙碌的人中间，使他们能得到一些休息和安慰。我们常常可以在一个修鞋的、卖老豆腐的、钉马掌的摊前的小树上看到一笼鸟。这是他的伙伴。不过养鸟的还是以上岁数的较多，大都是从五十岁到八十岁的人，大部分是退休的职工，在职的稍少。近年在青年工人中也渐有养鸟的了。

北京人养的鸟的种类很多。大别起来，可以分为大鸟和小鸟两类。大鸟主要是画眉和百灵，小鸟主要是红子、黄鸟。

鸟为什么要"遛"？不遛不叫。鸟必须习惯于笼养，习惯于喧闹扰攘的环境。等到它习惯于与人相处时，它就会尽情鸣叫。这样的一段驯化，术语叫作"压"。一只生鸟，至少得"压"一年。

让鸟学叫，最直接的办法是听别的鸟叫，因此养鸟的人经常聚会在一起，把他们的鸟揭开罩，挂在相距不远的树上，此起彼歇地赛着叫，这叫作"会鸟儿"。养鸟人不但彼此很熟悉，而且对他们朋友的鸟的叫声也很熟悉。鸟应该向哪只鸟学叫，这得由鸟主人来决定。一只画眉或百灵，能叫出几种"玩意"，除了自己的叫声，能学山喜鹊、大喜鹊、伏天、苇乍子、麻雀打架、公鸡打架、猫叫、狗叫。

曾见一个养画眉的用一台录音机追逐一只布谷鸟，企图把它的叫声录下，好让他的画眉学。他追逐了五个早晨（北京布谷鸟是很少的），到底成功了。

鸟叫的音色是各色各样的。有的洪亮，有的窄高，有的鸟聪明，一学就会；有的笨，一辈子只能老实巴交地叫那么几声。有的鸟害羞，不肯轻易叫；有的鸟好胜，能不歇气地叫一个多小时！

鸟主要是听叫，但也重相貌。大鸟主要要大，但也要大得匀称。画眉讲究"眉子"（眼外的白圈）清楚。百灵要大头，短嘴。养鸟人对于鸟自有一套非常精细的美学标准，而这种标准是他们共同承认的。

因此，鸟的身份悬殊极大。一只生鸟（画眉或百灵）值二三十元人民币，甚至还要少，而一只长相俊秀能唱十几种"曲调"的值一百五十元，相当一个熟练工人一个月的工资。

养鸟是很辛苦的。除了遛，预备鸟食也很费事。鸟一般要吃拌了鸡蛋黄的棒子面或小米面，牛肉——把牛肉焙干，碾成细末。经常还要吃"活食"——蚱蜢、蟋蟀、玉米虫。

养鸟人所重视的，除了鸟本身，便是鸟笼。鸟笼分圆笼、方笼两种。一般的鸟笼值一二十元，有的雕镂精细，近于"鬼工"，贵得令人咋舌。——有人不养鸟，专以搜集名贵鸟笼为乐。鸟笼里大有高低贵贱之分的是鸟食罐。一副雍正青花的鸟食罐，已成稀世的珍宝。

除了笼养听叫的鸟，北京人还有一种养在"架"上的鸟。所谓架，是一截树杈。养这类鸟的乐趣是训练它"打弹"，养鸟人把一个弹丸扔在空中，鸟会飞上去接住。有的一次飞起能接连接住两个。架养的鸟一般体大嘴硬，例如锡嘴和交嘴鹊。所以，北京过去有"提笼架鸟"之说。

大等喊

　　云南省作协的同志安排我在一个傣族寨子里住一晚上。地名大等喊。

　　车从瑞丽出发，经过一个中缅边界的寨子，云井寨。一条宽路从缅甸通向中国，可以直来直往。除了有一个水泥界桩外，无任何标志。对面有一家卖饵丝的铺子。有人买了一碗饵丝。一个缅甸女孩把饵丝递过来，这边把钱递过去。他们的手已经都伸过国界了。只要脚不跨过界桩，不算越境。

　　中缅边界真是和平边界。两国之间，不但毫无壁垒，连一道铁丝网都没有，简直不像两国的分界。我们到畹町的界桥看过。桥头有一个检查站，旗杆上飘着中华人民共和国的国旗。一个缅甸小女孩提了饭盒走过界桥。她妈在畹町街上摆摊子做生意，她来给妈送饭来了。她每天过来，检查站的都认得她。她大摇大摆地走过来。脸上带着一点笑。意思是：我又来了，你们好！站在国境线上，我才真正体会到中缅人民真是胞波。陈毅同志诗："共饮一江水。"是纪实，不是诗人的想象。

车经喊撒。喊撒有一个比较大的奘房，要去看看。

进寨子，有一家正在办丧事，陪同的同志说："可以到他家坐坐。"傣族人对生死看得比较超脱，人过五十五死去，亲友不哭。这也许和信小乘佛教有关。这家的老人是六十岁死的，算是"喜丧"了。进寨，寨里的人似都没有哀戚的神色，只是显得很沉静。有几个中年人在糊扎引魂的幡幢——傣族人死后，要给他制一个缅塔尖顶似的纸幡幢，用竹竿高高地竖起来，这样他的灵魂才能上天。几个年轻人不紧不慢地敲铓锣、象脚鼓，另外一些人好像在忙着做饭。傣族的风俗，人死了，亲友要到这家来坐五天。这位老人已死三日，已经安葬，亲友们还要坐两天。我们脱鞋，登木梯，上了竹楼。竹楼很宽敞，一侧堆了很多叠得整整齐齐的被子，有二十来个岁数较大的男男女女在楼板上坐着，抽烟、喝茶。他们也极少说话，静静的。

奘房是赕佛的地方。赕是傣语，本意是以物献佛，但不如说听经拜佛更确切些。傣族的赕佛，大体上是有一个男人跪在佛的前面诵念经文，很多信佛的跪在他身后听着。诵经人穿着如常人，也并无钟鼓法器，只是他一个人念，声音平直。偶尔拖长，大概是到了一个段落。傣族的跪，实系中国古代人的坐。古人席地而坐。膝着地，臀部落于脚跟，谓之坐。——如果直身，即为"长跪"。傣族赕佛时的姿势正是这样。

喊撒奘房的出名，除了比较大，还因为有一位佛爷。这位佛爷多年在缅甸，前三年才被请了回来。他并不领头赕佛，却坐在偏殿上。佛爷名叫伍并亚温撒，是全国佛教协会的理事，岁数不很大。他着了一身杏黄色的僧衣。这种僧衣不知叫什么，不是褊衫，也不是袈裟，上身好像只是一块布，缠裹着，袒其右臂。他身前坐了一些善男。有人来了，向他合十为礼，他也点头笑答。有些信徒抽用一种树叶卷成的像雪茄似的烟。佛爷很随和。他和信徒们随意交谈。谈的似乎不是佛理，只是很家常的话，因为他不时发出很有人情味的笑声。

近午，至大等喊。等喊，傣语是堆金子的地方。因为有两个寨子都叫等喊，汉族人就在前面多加了一个字，一个叫大等喊，一个叫小等喊。傣语往往用很少的音节表很多的意思，如畹町，意思是太阳当顶的地方。因为电影《葫芦信》《孔雀公主》都在大等喊拍过外景，所以旅游的人都想来看看。

住的旅馆名"醉仙楼"，这是个汉族名字，老板在招牌下面于是又加了两个字：傣家。老板是汉人，夫人是傣族。两层的木结构建筑，作曲尺形。房间不多，作家访问团二十余人，就基本上住满了。房间里有床，并不是叫我们睡在地板上。房屋样式稍稍有点像竹楼。老板又花了钱把拍《葫芦信》和《孔雀公主》的布景上的装饰零件和木雕的佛龛之类买了下来，配置在廊厦角落，于是就很有点傣味了。

一住下来，泡一杯茶，往藤椅一坐，觉得非常舒服。连日坐汽车，参加活动，大家都累了，需要休息。

醉仙楼在寨口。一条平路，通到寨子里。寨里有几条岔路，也极平整。寨里极安静。到处都是干干净净的。空气好极了。到处是树。一丛一丛的凤尾竹，很多柚子树。大等喊的柚子是很有名的。现在不是柚子成熟的时候，只看见密密的深绿的树叶。空气里有一种淡淡的清苦的味道，就是柚树叶片散发出来的。这里那里安置了一座一座竹楼，错落有致。傣家的竹楼不是紧挨着的，各家之间都有一段距离。除了当路的正门，竹楼的三面都是树。有一座奘房，大门锁着。我们到寨里一家首富的竹楼上做了一会客，女主人汉话说得很好，善于应酬。楼上真是纤尘不染。

醉仙楼的傣族特点不在住房，而在饭食。我们在这里吃了四顿地道的傣族饭。芭蕉叶蒸豆腐。拿上来的是一个绿色的芭蕉叶的包袱，解开来，里面是豆腐，还加了点碎肉、香料，鲜嫩无比。竹筒烤牛

空气里有一种淡淡的清苦的味道，

肉。一截二尺许长的青竹，把拌了佐料的牛肉塞在里面，筒口用树叶封住，放在柴火里烤熟，切片装盘。牛肉外面焦脆，闻起来香，吃起来有嚼头。牛肉丸子。傣族人很会做牛肉。丸子小小的，我们吃了都以为是鱼丸子，因为极其细嫩。问了问，才知道是牛肉的。做这种丸子不用刀剁，而是用两根铁棒敲，要敲两个小时。苦肠丸子，苦肠是牛肠里没有完全消化的青草。傣族人生吃，做调料，蘸肉，是难得的美味。听说要请我们吃苦肠，我很高兴。只是老板怕我们吃不来，是和在肉丸子里蒸了的。有一点苦味，大概是因为碎草里有牛的胆汁。其实我倒很想尝尝生苦肠的味道。弄熟了，意思就不大了。当然，还少不了傣家的看家菜：酸笋煮鸡。不过这道菜我们在畹町、芒市都已经吃过了。小菜是酸腌菜、鱼眼睛菜———一种树的嫩头，有小骨朵如鱼眼，酸渍。傣族人喜食酸。

醉仙楼的老板不俗。他供应我们这几顿傣家饭是没有多少赚头的。他要请我们写几个字，特地大老远地跑到县城，和一位画家匀来了几张宣纸。醉仙楼每个房间里都放着一个缅甸细陶水壶，通身乌黑，造型很美。好几个作家想托他买。因为这两天没有缅甸人过来赶集，老板就按原价卖给了他们。这些作家于是一个个攥了一把陶壶，上路了。

大等喊小住两天，印象极好。

这里的乌鸦比北方的小，鸟身细长，鸣声比较尖细，不像北方乌鸦哇哇地哑叫。

一九八七年五月八日

泼水节印象

作家访问团四月六日离京赴云南，是为了能赶上泼水节。

十一日到芒市。这是泼水节的前一天。这天干部带领群众上山采花。采的花名锥栗花，是一串一串繁密而细碎的白色的小花，略带点浅浅的豆绿。我们到时，全市已经用锥栗花装饰起来了。

泼水节由来的传说是大家都知道的：有一魔王，具无上魔力，猛恶残暴，祸祟人民。他有七个妻子。一日，魔王酒醉，告诉最年轻的妻子："我虽有无上魔力，亦有弱点。如拔下我的一根头发，在我颈上一勒，我头即断。"其妻乃乘魔王酣睡，拔取其头发一根，将魔王头颈勒断。不料魔王头落在哪里，哪里即起大火。魔王之妻只好将头抱着，七个妻子轮流抱持。她们身上沾染血污，气味腥臭。诸邻居人，乃各以香水，泼向她们，为除不洁，世代相沿，遂成节日。

这大概只是口头传说，并无文字记载。泼水节仪式中看不出和这个传说直接有关的痕迹。傣族人所以重视这个节，是因为这是傣历的新年。作为节日的象征的，是龙。节日广场的中心有一条木雕彩画的巨龙。傣族的龙和汉族的不大一样。汉族的龙大体像蛇，蜿蜒盘曲；傣族的龙有点像鸟，头尾高昂，如欲轻举。这是东南亚的龙，不是北方的龙。龙治水，这是南方人北方人都相信的。泼水节供养木龙，顺理成章。泼水节是水的节。

节日还没有正式开始，一早起来，远近已经是一片铓锣象脚鼓的声音。铓锣厚重，声音发闷而能传远，象脚鼓声也很低沉，节拍也似很单调，只是一股劲地咚咚咚咚……蓬蓬蓬蓬……，不像北方锣鼓打出许多花点。不强烈，不高昂激越，而极温柔。

仪式很简单。先由地方负责同志讲话，然后由一个中年的女歌手祝福，女歌手神情端肃，曼声吟诵，时间不短，可惜听不懂祝福的词句，同时，有人分发泼水粑粑和金米饭。泼水粑粑乃以糯米粉和红糖，包在芭蕉叶中蒸熟；金米饭是用一种山花把糯米染黄蒸熟了的。

泼水开始。每人手里都提了一只小水桶，塑料的或白铁的，内装多半桶清水，水里还要滴几点香水，桶内插了花枝。泼水，并不是整桶的往你身上泼，只是用花枝蘸水，在你肩膀上掸两下，一面用傣语说："好吃好在。"我们是汉人，给我们泼水的大都用汉语说："祝你健康。""祝你健康"太一般了，不如"好吃好在"有意思。接受别人泼水后，可以也用花枝蘸水在对方肩头掸掸，或在肩上轻轻拍三下。"好吃好在"——"祝你健康"。但是少男少女互泼，常常就不那么文雅了。越是漂亮的，挨泼的越多。主席台上有一个身材修长，穿了一身绿纱的姑娘，不大一会已经被泼得浑身上下都湿透了。

主席台上的桌椅都挪开了，为什么？有人告诉我：要在这里跳舞，跳"嘎漾"。台上跳，台下也跳。不知多少副铓锣象脚鼓都敲响了，蓬蓬咚咚，混成一片，分不清是哪一面锣哪一腔鼓敲出来的声音。

"嘎漾"的舞步比较简单。脚下一步一顿，手臂自然摆动，至胸前一转手腕。"嘎漾"是鹭鸶舞的意思。舞姿确是有点像鹭鸶。傣族人很喜欢鹭鸶。在碧绿的田野里时常可以看到成群的白鹭。"嘎漾"有十五六种姿势，主要的变化在腕臂。虽然简单，却很优美。傣族少女，着了筒裙，小腰秀颈，姗姗细步，跳起"嘎漾"，极有韵致。在台上跳"嘎漾"的，就是方才招呼我们吃泼水粑粑，用花枝为我们泼水的服务员，全都打扮得花枝招展，一个赛似一个。我问陪同人："她们是不是演员？"——"不是，有的是机关干部，有的是商店营业员。"

跳"嘎漾"的大部分是水傣，也有几个旱傣，她们也是服务人员。旱傣少女的打扮别是一样：头上盘了极粗的发辫，插了一头各种颜色的绢花。白纱上衣，窄袖，胸前别满了黄灿灿的镀金饰物。一边龙一边凤，还有一些金花、金蝶、金葫芦。下面是黑色的喇叭裤，系黑短围裙，垂下两根黑地彩绣的长飘带。水傣少女长裙曳地，仪态大方；旱傣少女则显得玲珑而带点稚气。

泼水节是少女的节，是她们炫耀青春、比赛娇美的节日。正是由于这些着意打扮，到处活跃的少女，才把节日衬托得如此华丽缤纷，充满活力。

晚上有宴会，到各桌轮流敬酒的，还是她们。一个一个重新梳洗，换了别样的衣裙，容光焕发，精力旺盛。她们的敬酒，有点霸道。杯到人到，非喝不可。好在砂仁酒度数不高而气味芳香，多喝两

泼水节是水的节。

杯也无妨。我问一个岁数稍大的姑娘："你们今天是不是把全市的美人都动员来了？"她笑着说："哪里哟！比我们好看的有的是！"

第二天，我们到法帕区又参加了一次泼水节。规模不能与芒市比，但在杂乱中显出粗豪，另是一种情趣。

归时已是黄昏。德宏州时差比北京晚一小时，过七点了，天还不暗。但是泼水高潮已过。泼水少女，已经兴尽，三三两两，阑珊归去，只余少数顽童，还用整桶泥水，泼向行人车辆。

有一个少女在河边洗净筒裙，晾在树上。同行的一位青年小说家，有诗人气质，说他看了两天泼水节，没有觉得怎么样，看了这个少女晾筒裙，忽然非常感动。

> 泼水归来日未曛，
>
> 散抛锥栗入深林。
>
> 铓锣象鼓声犹在，
>
> 缅桂梢头晾筒裙。

泼水，泼人、被泼，都是未婚少女的事。一出嫁，即不再参与。已婚妇女的装束也都改变了，不再着鲜艳的筒裙，只穿白色衣裤，头上系一个衬有硬胎的高高的黑绸圆筒。背上大都用兜布背了一个孩子。她们也过泼水节，但只是来看看热闹。她们的精神也变了，冷静、淡漠，也许还有点惆怅、凄凉，不再像少女那样笑声朗朗，神采飞扬，眼睛发光。

一九八七年五月四日

字的灾难

北京人遭到一场字的灾难。

从前在北京上街，遇不到这样多的字。看到一些字，是很愉快的。到琉璃厂一带看看"青藜阁"之类的旧书店、各家南纸店的招牌，是一种享受。这些匾大小合适，制作讲究而朴素，字体清雅无火气。经过卖藤萝饼的"正明斋"，卖帽子的"同陞和"，招牌上骨力强劲而并不霸悍的大字会使人放慢脚步多看两眼。许多不大的铺子门前，还能看到"有匾皆书垿"的王垿的稍带行书笔意的欧体字，虽多，但不俗。东单牌楼香烛店的"细心坚烛、诚意高香"，西单牌楼桂香村的"味珍鸡蹠、香渍豚蹄"，那字也看得过去。就是煤铺门外粉壁上的"乌金墨玉、石火光恒"，写的也并非"酱肘子字"，北京牌匾的字多可看，让人觉得北京真是"文化城"，有文化。

现在可不然了。满街都是字。许多店铺把所卖的货物用红漆写在门前的白墙上，更多的是用塑料刻的字反贴在橱窗的大玻璃上。一个五金交电公司，可以把阀门、导管、扁线、圆线、开关、变压器……

一塌刮子都标明在橱窗上，写得满满的。这是干什么？如果是中药店呢？是不是要把人参、鹿茸、甘草、黄芪、防风、连翘、肉桂、厚朴、槟榔、通草、福橘络、菟丝子……都写在橱窗上？再加上到处的菜摊都用竖立的黑板，白粉大书："芫荽"；所有的小饭馆都在门外矗着一个红漆的牌子，用黄色的广告色写道："涮羊肉"，于是北京到处是字，喧嚣哄闹，一塌糊涂。

"文化大革命"以后，逐渐恢复了请人写招牌的风气，这本是好事。我很欣赏天桥实惠餐馆的一块很小的匾，黑地绿字，写的是繁体字，笔画如兰叶，稍带隶书笔意，却不作蚕头燕尾，字体微长，横平竖直，很雅致。大字里最好的我以为是"懋隆"，只有两个字。这两个字笔画都多，本不好摆，但是位置摆得恰好，很稳，而且笔到墨到，流畅饱满。我最初怀疑这是集的郑孝胥的字，后来看落款，是赵朴初写的（落款有损"画面"的完整，没有原来的好看了）。赵朴老的匾还有一块写得很好的是"功德林"（这是一个素菜馆）。启功写的匾，我以为最好看的是"洞庭春酒家"，不大，黑地金字，放在一个垂花门里，真是美极了。启功老的字书生气重，放得太大，易显得单薄，这样大小正合适。陈叔老（亮）的字功力深厚。虽枯实腴，但笔稍瘦，又喜作行草，于牌匾不甚相宜。如为"鸿霞"写的一块，字很好，但那"霞"字写得很草，恐怕很多人不认得。近二三年，写的字在商店、公司、餐厅间最时行的，似是刘炳森和李铎。他们是中年书法家。刘炳森的字我在京西宾馆看过两个条幅，隶书，规规矩矩，笔也提得起，是汉隶，很不错。但是他写的招牌笔却是扁的，完全如包世臣所说："毫铺纸上"，不知是写时即是这样，还是做招牌做成了这样？他的字常被用氧化铝这类的金属贴面，表面平滑，锃光瓦亮，越发显得笔很扁。隶书是不宜用这样的"工艺"处理的。李铎的字我在卧龙冈武侯祠看到过一副对联，字很潇洒，用笔犹有晋人意（不知我有没有记错）。但他近年的字变了，用笔掞转，结体险怪，字有怒气。这种字写八尺甚至丈二匹的大横幅，很有气势，但做商店的招牌不甚相宜。抬头看见几个愤愤不平的大字，也许会使顾客望而却步。刘炳森和李铎的字在商业界似乎已经产生一种迷信，似乎有了这样的字的招牌，这个买卖才算个像样的买卖，犹如过去上海的银楼、绸缎庄都得请武进唐驼写一块匾，天津则粮食店、南货店都得请华世奎写一样。刘炳森和李铎应该意识到自己的社会责任，除了照顾老板、经理的商业心理（他们的字写成某种样子可能受了买主的怂恿），也照顾一下市民的审美心理。你们有没有意识到，你们的字对北京的市容是有影响的？

北京街上字多，而且越来越大，五颜六色，金光闪闪，这反映了北京人的一种浮躁的文化心理。希望北京的字少一点，小一点，写得好一点，使人有安定感，从容感。这问题的重要性不亚于加强绿化。

一九八八年六月

我看废名

　　冯思纯同志编出了他的父亲废名的小说选集，让我写一篇序，我同意了。我觉得这是义不容辞的事，因为我曾经很喜欢废名的小说，并且受过他的影响。但是我把废名的小说反复看了几遍，就觉得力不从心，无从下笔，我对废名的小说并没有真的看懂。

　　我说过一些有关废名的话。

　　废名这个名字现在几乎没有人知道了。国内出版的中国现代文学史没有一本提到他。这实在是一个真正很有特点的作家。他在当时的读者就不是很多，但是他的作品曾经对三十年代、四十年代的青年作家，至少是北京的青年作家，产生过颇深的影响。这种影响现在看不到了，但是它并未消失。它像一股泉水，在地下流动着。也许有一天，会汩汩地流到地面上来的。他的作品不多，一共大概写了六本小说，都很薄。他后来受了佛教思想的影响，作品中有见道之言，很不好懂。《莫须有先生传》就有点令人莫名其妙，到了《莫须先生坐飞机以后》就不知所云了。但是他早期的小说，《桥》《枣》《桃园》和

《竹林的故事》写得真是很美。他把晚唐诗的超越理性，直写感觉的象征手法移到小说里来了。他用写诗的办法写小说，他的小说实际上是诗。他的小说不注重写人物，也几乎没有故事。《竹林的故事》算是长篇，叫作"故事"。实无故事，只是几个孩子每天生活的记录。他不写故事，写意境。但是他的小说是感人的，使人得到一种不同寻常的感动。因为他对于小儿女是那样富于同情心。他用儿童一样明亮而敏感的眼睛观察周围世界，用儿童一样简单而准确的笔墨来记录，他的小说是天真的，具有天真的美。因为他善于捕捉儿童的思想和情绪，他运用了意识流，他的意识流是从生活里发现的，不是从外国的理论或作品里搬来的。……因为他追随流动的意识，因此他的行文也和别人不一样。周作人曾说废名是一个讲究文章之美的小说家。又说他的行文好比一溪流水，遇到一片草叶都要去抚摸一下，然后又汪汪地向前流去。这说得实在非常好。

我的一些说法其实都是从周作人那里来的，谈废名的文章谈得最好的是周作人。周作人对废名的文章喻之为水，喻之为风。他在《莫须有先生传》的序文中说：

这好像是一道流水，大约总是向东去朝宗了海，他流过的地方，凡有什么汊港弯曲，总得灌注潆洄一番，有什么岩石水草，总要披拂抚弄一下子，再往前走去，再往前去，这都不是他的行程的主脑，但除去了这些，也就别无行程了。

周作人的序言有几句写得比较吃力，不像他的别的文章随便自然。"灌注潆洄"、"披拂抚弄"，都有点着力太过。有意求好，反不能好，虽在周作人亦不能免。不过他对意识流的描绘却是准确贴切且生动的。他的说法具有独创性，在他以前还没有人这样讲过。那时似还没有"意识流"这个说法，周作人、废名都不曾使用过这个词。这个词是从外国移译进来的。但是没有这个名词不等于没有这个东西。中国自有中国的意识流，不同于普鲁斯特，也不同于弗吉尼亚·吴尔芙，但不能否认那是意识流，晚唐的温（飞卿）李（商隐）便是。比较起来，李商隐更加天马行空，无迹可求。温则不免伤于轻艳。废名受李的影响更大一些。有人说废名不是意识流，不是意识流又是什么？废名和《尤利西斯》的距离诚然较大，和吴尔芙则较为接近。废名的作品有一种女性美，少女的美。他很喜欢"摘花赌身轻"，这是一句"女郎诗"！

　　冯健男同志（废名的侄儿）在《我的叔父废名》一书中引用我的一段话，说我说废名的小说"具有天真的美"以为"这是说得新鲜的，道别人之所未道"。其实这不是"道别人之所未道"。废名喜欢儿童（少年），也非常善于写儿童，这个问题周作人就不止一次地说过。我第一次读废名的作品大概是《桃园》。读到王老大和他的害病女儿阿毛说："阿毛，不说话，一睡就睡着了。"忽然非常感动。这一句话充满一个父亲对一个女儿的感情。"这个地方太空旷吗？不，阿毛睁大的眼睛叫月亮装满了。"这种写法真是特别。真是美。读《万寿宫》，至程林写在墙上的字："万寿宫丁丁响"，我也异常的感动，本来丁丁响的是四个屋角挂的铜铃，但是孩子们觉得是万寿宫在丁丁响。这是孩子的直觉。孩子是不大理智的，他们总是直觉地感受这个世界，去"认同"世界。这些孩子是那样纯净，与世界无欲求，无竞争，他们对世界是那样充满欢喜，他们最充分地体会到人的善良，人的高贵，他们最能把握周围环境的颜色、形体、光和影、声音和寂静，最能完美地捕捉住诗。这大概就是周作人所说的"仙境"。

另一位真正读懂废名，对废名的作品有深刻独到的见解的美学家，我以为是朱光潜。朱先生的论文说："废名先生不能成为一个循规蹈矩的小说家，因为他在心境原型上是一个极端的内倾者。小说家须得把眼睛朝外看，而废名的眼睛却老是朝里看；小说家须把自我沉没到人物性格里面去，让作者过人物的生活，而废名的人物却都沉没在作者的自我里面，处处都是过作者的生活。"朱先生的话真是打中了废名的"要害"。

前几年中国的文艺界（主要是评论家）闹了一阵"向内转、向外转"之争。"向内转、向外转"与"向内看、向外看"含义

再往前走去，再往前去，也都不是他的行程的主脑，但除去了这些，也就别无行程了。

废名的诗不容易懂，但是懂得之后，你也许要惊叹它真好。

废名的诗

不尽相同，但有相通处。一部分具有权威性的理论家坚决反对向内，坚持向外，以为文学必须如此，这才叫文学，才叫现实主义；而认为向内是离经叛道，甚至是反革命。我们不反对向外的文学，并且认为这曾经是文学的主要潮流，但是为什么对向内的文学就不允许其存在，非得一棍子打死不可呢？

废名作品的不被接受，不受重视，原因之一，是废名的某些作品确实不好懂。朱光潜先生就写过："废名的诗不容易懂，但是懂得之后，你也许要惊叹它真好。"这是对一般人而言，对平心静气，不缺乏良知的读者，对具有对文学的敏感的人而言的。对于另一种人则是另一回事。他们感觉到废名的文学对他们是一种潜在的威胁，会危及他们的左派正宗，一统天下。他们的武器是沉默，用不理代替批判，他们可以视若无睹，不赞一词，仿佛废名根本不存在。他们用沉默来掩饰对废名，对一切高雅文学的刻骨的仇恨。他们是一些粗俗的人，一群能写恶札的文艺官。但是他们能够窃踞要津，左右文运。废名的价值被认识，他在中国现代文学史上的地位真正地被肯定，恐怕还得再过二十年。

一九九六年三月六日

美国短简

美国旗

美国人很爱插国旗。爱荷华市不少人家门外的草地上立着一根不高的旗杆，上面是一面星条旗。人家关着门，星条旗安安静静的，轻轻地飘动着。应该说这也表现了一点爱国情绪，但更多的似是当作装饰。国旗每天都可以挂，不像中国要到"五一""十一"才挂，显得过于隆重，大抵中国人对于国旗有一种崇拜心理，美国人则更多的是亲切。美国可以把星条图案印在体操女运动员的紧身露腿的运动衣上，这在中国大概不行，一定会有人认为这是对于国旗的亵渎。

美国各州都有州旗，州旗大都是白底子，上面画（印）了花里胡哨的图案，照中国人看，简直是儿童趣味。国旗、州旗升在州政府的金色圆顶的旗杆上，国旗在上，州旗在下——美国州政府的建筑大都是一个金色的圆顶，上面矗立着旗杆。艾奥瓦州治已经移到邻近一个市，但爱荷华市还保留着老州政府，每天也都升旗。爱荷华市有一个人死了，那天就要下半旗，不论死的是什么人，一视同仁。这一点看出美国和中国的价值观念很不一样。别的州、市有没有这样的风俗，就不知道了。

夜光马杆

美国也有马杆。我在爱荷华街头看到一个盲人。是个年轻人，穿得很干净，白运动衫裤，白运动鞋。步履轻松，走得和平常人一样的快。他手执一根马杆探路。这根马杆是铝制的，很轻便，样子也很好看，马杆着地的一端有一个小轮子。马杆左右移动，轮子灵活地转动着。马杆不离地面，不像中国盲人的竹马杆，得不停地戳戳戳点在地上。因此，这个青年给人的印象是很健康，不像中国盲人总让人觉得有些悲惨。后来我又看到一个岁数大的盲人，用的也是一种马杆。据台湾诗人蒋勋告诉我，这种马杆是夜光的，——夜晚发光。这样在黑地里走，别人会给盲人让路。这种马杆，中国似可引进，造价我想不会很贵。

美国对残疾人是很尊重的。到处是画了白色简笔轮椅图案的蓝色的长方形的牌子。有这种蓝牌子的门，是专供残疾人进出的；有这种蓝牌子的停车场，非残疾人停车，要罚款。很多有台阶的商店，都在台阶边另铺设了一道斜坡，供残疾人的轮椅上下，爱荷华大学有专供残疾人连同轮椅上楼下楼的铁笼子。街上常见到残疾人，他们的神态都很开朗，毫不压抑。博物馆里总有一些残疾人坐着轮椅，悠然地观赏伦布朗的画、亨利·摩尔的雕塑。

中国近年也颇重视对残疾人的工作。但我觉得中国人对残疾人的态度总带有怜悯色彩，"恻隐之心"。这跟儒家思想有些关系。美国人对残疾人则是尊重。这是不同的态度。怜悯在某种意义上是侮辱。

花草树

美国真花像假花，假花像真花，看见一丛花，常常要用手摸摸叶子，才能断定是真花，是假花。旅美多年的美籍华人也是这样，摸摸，凭手感，说是"真的！真的！"美国人家大都种花。美国的私人住宅是没有围墙的，一家一家也不挨着，彼此有一段距离，门外有空地，空地多栽花。常见的是黄色的延寿菊。美国的延寿菊和中国的没有两样。还有一种通红的，不知是什么花。我在诗人桑德堡故居外小花圃中发现两棵凤仙花，觉得很亲切，问一位美国女士："这是什么花？"她不知道。美国人家种花大都是随便撒一点花籽，不甚设计。有一种设计则不敢领教：在草地上划出一个正圆的圆圈，沿着圆圈等距离地栽了一撮一撮鲜艳的花。这种布置实在是滑稽。美国人家室内大都有绿色植物。如中国的天门冬、吊兰之类，栽在一个锃亮的黄铜的半球里，挂着。这种趣味我也不敢领教。美国人家多插花，常见的是菊花，短瓣，紫红的、白的。我在美国没有见过管瓣、卷瓣、长瓣的菊花。即便有，也不会有"麒麟角""狮子头""懒梳妆"之类的名目。美国人插花只是取其多，有颜色，一大把，插在一个玻璃瓶子里。美国人不懂中国插花讲究姿态，要高低映照，欹侧横斜，瓶和花要相称。美国静物画里的花也是这样，乱哄哄的一瓶。美国人不会理解中国画的折枝花卉。美国画里没有墨竹，没有兰草。中国各项艺术都与书法相通。要一个美国人学会欣赏王献之的"鸭头丸帖"，是永远办不到的。美国也有荷花，但未见入画，美国人不会用宣纸、毛笔、水墨。即画，却绝不可能有石涛、八大那样的效果。有荷花，当

美国人插花只是取其多，有颜色，一大把，插在一个玻璃瓶子里。

然有莲蓬。美国人大概不会吃冰糖莲子。他们让莲蓬结老了，晒得干干的，插瓶，这倒也别致，大概他们认为这种东西形状很怪。有的人家插的莲蓬是染得通红的。这简直是恶作剧，不敢领教！美国人用芦花插瓶，这颇可取。在德国移民村阿玛纳看见一个铺子里有芦花卖，五十美分一把。

美国年轻，树也年轻。自爱荷华至斯泼凌菲尔德高速公路两旁的树看起来像灌木。阿玛纳有一棵橡树，大概是当初移民来的德国人种的，有上百年的历史，用木栅围着，是罕见的老树了。像北京中山公园、天坛那样的五百年以上的柏树，是找不出来的。美国多阔叶树，少针叶树。最常见的是橡树。松树也有，少。林肯墓前、马克·吐温家乡有几棵松树。美国松树也像美国人一样，非常健康，很高，很直，很绿。美国没有苏州"清、奇、古、怪"那样的松树，没有黄山松，没有泰山的五大夫松，中国松树多姿态，这种姿态往往是灾难造成的，风、雪、雷、火。松之奇者，大都伤痕累累。中国松是中国的历史、中国的文化和中国人的性格所形成的。中国松是按照中国画的样子长起来的。

美国草和中国草差不多。狗尾巴草的穗子比中国的小，颜色发红。"五月花"公寓对面有一片很大的草地。蒲公英吐絮时，如一片银色的薄雾。羊胡子草之间长了很多草苜蓿。这种草的嫩头是可以炒了吃的，上海人叫作"草头"或"金花菜"，多放油，武火急炒，少滴一点高粱酒，很好吃。美国人不知道这能吃。知道了，也没用，美国人不会炒菜。

☆

Graffiti

这是一个意大利字，意思是在墙上乱画。台湾翻成"涂鸦"，我看不如干脆翻成"鬼画符"。纽约、芝加哥，很多城市地铁的墙上，比较破旧的建筑物的墙上，桥洞里，画得一塌糊涂。这是青少年干的。他们不是用笔画，而是用喷枪滋，——一会儿就喷一大片。照美国的法律，这不犯法，无法禁止。有一些，有一点意思。我在爱荷华大学附近的桥下，看到："中央情报局=谋杀"，这可以说是一条政治标语。有的是一些字母，不知是什么意思。还有些则是莫名其妙的圆圈、曲线、弧线。为什么美国的青少年要干这种事呢？——据说他们还有一个松散的组织，类似协会什么的。听说美国有心理学家专门研究这问题，大体认为这是青少年对现状不满的表现。这样到处乱画，我觉得总不大好，希望中国不发生这种事。

怀旧

正因为美国历史短，美国人特别爱怀旧。

爱荷华市的河边有一家饭馆，菜很好，星期天的自助餐尤其好，有多种沙拉、水果，各种味道调料。这原是一个老机器厂，停业了，饭馆老板买了下来，不加改造，房顶、墙壁上保留了漆成暗红色的拐来拐去的粗大的铁管道，很粗的铁链。顾客就在这样的环境里，临窗而坐，喝加了苏打的金酒，吃烤牛肉，炸土豆条，觉得别有情调。

阿玛纳原来是一个德国移民村。据说这个村原来是保留老的生活习惯的：不用汽车，用马车。现在不得不改变了，村里办了很大的制冷机厂和微波炉厂。不过因为曾是古村，每逢假日，还是有不少人来参观。"古"在哪里呢？不大看得出来。我们在一个饭店吃饭，饭店门外悬着一副牛轭，作为标志，唔，这有点古。饭店的墙上挂着一排长长短短的老式的木匠工具，也许这原是一个木匠作坊。这也古。点的灯是有玻璃罩子的煤油灯。我问接待我们的小姐："这是煤油灯？"她笑了："假的。"是做成煤油灯状的电灯。这位小姐不是德国血统，祖上是英国人，一听她的姓就不禁叫人肃然起敬：莎士比亚。她承认是莎士比亚的后代。她和我聊了几句，不知道为什么说起她不打算结婚，认为女人结婚不好。这是不是也是古风？阿玛纳有一个博物馆，陈列着当年的摇床、木椅。有一个"文物店"。卖的东西的"年份"都是百年以内的，但标价颇昂，一个祖母用过的极其一般的铜碟子，五十美金。这样的村子在中国到处都可以找得出来，这样的"文物"嘛，中国的废品收购站里多的是。阿玛纳卖"农民"自酿的葡萄酒，有好几家。买酒之前每种可以尝一小杯。我尝了两三杯，没有买，因为我对葡萄酒实在是外行，喝不出所以然。

全美保险公司是一个很大的企业。我们参观了爱荷华州的分公司。大办公室上百张桌子，每个桌上一架电脑。这家公司收藏了很多现代艺术作品，接待室里，走廊上，到处都是。每个单人办公的小办公室里也有好几件抽象派的绘画和雕塑。我很奇怪：这家公司的经理这样喜欢现代艺术？后来知道，原来美国政府有规定，企业凡购买当代艺术作品的，所付的钱可于应付税款中扣除，免缴一部分税。那么，这些艺术品等于是白得的。用企业养艺术，这政策不错！

上午参观了一个现代化的大公司，看了数不清的现代派的艺术作品，下午参观了一个截然不同的地方："活历史农庄"。这里保持着一百年前的样子。我们坐了用老式拖拉机拉着的有几排座位的大车逛了一圈，看了原来印第安人住的小窝棚，在橡树林里的坷坎起伏的小路上钻了半天。有一家打铁的作坊，一位铁匠在打铁。他这打铁完全是表演，烧烟煤碎块，拉着皮老虎似的老式风箱。有一家杂货店，卖的都是旧货。一个店主用老式的办法介绍一些货品的特点，口若悬河。他介绍的货品中竟有一件是中国的笙。他介绍得很准确："这是一件中国的乐器，叫作'笙'。"这家杂货店卖一百年前美国人戴的黑色的粗呢帽（是新制的），卖本地传统制法的果子露饮料。

我们各处转了一圈，回来看看那位铁匠，他已经用熟铁打出了一件艺术品，一条可以插蜡烛的小蛇，头在下，尾在上，蛇身盘扭。

参观了林肯年轻时居住过的镇。这个镇尽量保持当年模样。土路，木屋。林肯旧居犹在，他曾经在那里工作过的邮局也在。有一个老妈妈在光线很不充足的木屋里用不同颜色的碎布拼缀一条百衲被。一个师傅在露地里用棉线心蘸蜡烛，一排一排晾在木架上（这种蜡烛北京现在还有，叫作"洋蜡"）。林肯故居檐下有一位很肥白壮硕的少妇在编篮子。她穿着林肯时代的白色衣裙，赤着林肯时代的大白脚，一边编篮子，一边与过路人应答。老妈妈、蜡烛师傅、赤着白脚的壮硕妇人，当然都是演员。他们是领工资的。白天在这里表演，下班驾车回家吃饭，喝可口可乐，看电视。

公园

美国的公园和中国的公园完全不同，这是两个概念。美国公园只是一大片草地，很多树，不像北京的北海公园、中山公园、颐和园，也不像苏州园林。没有亭台楼阁，回廊幽径，曲沼流泉，兰畦药圃。中国的造园讲究隔断、曲折、借景，在不大的天地中布置成各种情趣的小环境，美国公园没有这一套，一览无余。我在美国没有见过假山，没有扬州平山堂那样人造峭壁似的假山，也没有苏州狮子林那样人造峰峦似的假山。美国人不懂欣赏石头。对美国人讲石头要瘦、皱、透，他一定莫名其妙。颐和园一进门的两块高大而玲珑的太湖石，花很多银子从米万钟的勺园移来的一块横卧的大石头，以及开封相国寺传为艮岳遗石的石头，美国人都绝不会对之下拜。美国有风景画，但没有中国的"山水画"。公园，在中国是供人休息、漫步、啜茗、闲谈、沉思、觅句的地方。美国人在公园里扔橄榄球，掷飞碟，男人脱了上衣、女人穿了比基尼晒太阳。美国公园大都有一些铁架子，是供野餐的人烤肉用的。

酒瓶诗画

阿城送我一瓶湘西凤凰的酒,说:"主要是送你这只酒瓶。酒瓶是黄永玉做的。"是用红泥做的,形制拙朴,不上釉。瓶腹印了一小方大红的蜡笺,印了两个永玉手写的漆黑的字;扎口是一小块红布。全国如果举行酒瓶评比,这个瓶子可得第一。

茅台酒瓶本不好看,直筒筒的,但是它已创出了牌子。许多杂牌酒也仿造这样的瓶子,就毫无意义,谁也不会看到这样的酒瓶就当作茅台酒买下来。

不少酒厂都出了瓷瓶的高级酒。双沟酒厂的仿龙泉釉刻花的酒瓶,颜色形状都不错,喝完了酒,可以当花瓶,插两朵月季。杏花村汾酒厂的"高白汾酒"瓶做成一个胖鼓鼓的小坛子,釉色如稠酱油,印两道银色碎花,瓶盖是一个覆扣的酒杯,也挺好玩。"瓷瓶汾酒"颈细而下丰,白瓷地,不难看,只可惜印的图案稍琐碎。酒厂在酒瓶包装上做文章,原是应该的。

一般的瓷瓶酒的瓶都是观音瓶,即观音菩萨用来洒净水的那样的瓶。如果是素瓷,还可以,喝完酒,摆在桌上也不难看。只是多要印上字画:一面是嫦娥奔月或麻姑献寿或天女散花,另一面是唐诗一首。不知道为什么,写字的人多爱写《枫桥夜泊》,这于酒实在毫不相干。这样一来,就糟了,因为"雅得多么俗"。没有人愿意保存,卖给收酒瓶的,也不要。

我的"解放"

我的"解放"很富于戏剧性，是江青下的命令。江青知道我，是因为《芦荡火种》。这出戏彩排的时候，她问陪她看戏的导演（也是剧团团长）肖甲："词写得不错，谁写的？"她看戏，导演都得陪着，好随时记住她的"指示"。其时大概是一九六四年夏天。

《芦荡火种》几经改写，定名为《沙家浜》，重排后在北京演了几场。

我又被指定参加《红岩》的改编。一九六四年冬，某日，党委书记薛恩厚带我和阎肃到中南海去参加关于《红岩》改编的座谈会。地点在颐年堂。这是我第一次见江青。在座的有《红岩》小说作者罗广斌和杨益言，有林默涵，好像还有袁水拍。他们对《红岩》改编方案已经研究过，我是半路插进来的，对他们的谈话摸不着头脑，一句也插不上嘴，只是坐在沙发里听着，心里有些惶恐。江青说了些什么，我也全无印象，只因为觉得奇怪才记住她最后跟罗广斌说的那句话："将来剧本写成了，小说也可以按照戏来改。"

自一九六四年冬至一九六五年春我们就被集中起来改《红岩》剧本。先是在六国饭店，后来改到颐和园的藻鉴堂。到藻鉴堂时昆明湖结着冰，到离开时已解冻了。

其后，我们随剧团大队，浩浩荡荡，到四川"体验生活"。在渣滓洞坐了牢（当然是假的），大雨之夜上华蓥山演习了"扯红"（暴动）。这种"体验生活"实在如同儿戏，只有在江青直接控制下的剧团才干得出来。"体验"结束，剧团排戏（排《沙家浜》），我们几个编剧住在北温泉的"数帆楼"改《红岩》剧本。

一九六五年四月中旬剧团由重庆至上海，排了一些时候戏，江青到剧场审查通过，定为"样板"，决定"五一"公演。"样板戏"的名称自此时始。剧团那时还不叫"样板团"，叫"试验田"，全称是"江青同志的试验田"。江青对于样板戏确实是"抓"了的，而且抓得很具体，从剧本、导演、唱腔、布景、服装，包括《红灯记》铁梅的衣服上的补丁，《沙家浜》沙奶奶家门前的柳树，事无巨细，一抓到底，限期完成，不许搪塞。有人说"样板戏"都是别人搞的，江青没有做什么，江青只是"剽窃"，这种说法是不科学的。对于"样板戏"可以有不同看法，但是企图在"样板戏"和江青之间"划清界限"，以此作为："样板戏"可以"重出"的理由，我以为是不能成立的。这一点，我同意王元化同志的看法。作为"样板戏"的过来人，我是了解情况的。

从上海回来后，继续修改《红岩》。"样板戏"的创作，就是没完没了地折腾。一直折腾到年底，似乎这回可以了。我们想把戏写完了好过年。春节前两天，江青从上海打来电话，给市委宣传部长李琪，叫我们到上海去。我对阎肃说："戏只差一场，写完了再去行不行？"李琪回了电话，复电说："不要写了，马上来！"李琪于是带着薛恩厚、阎肃、我，乘飞机到上海。住东湖饭店。

李琪是不把江青放在眼里的。到了之后，他给江青写了一个便条："我们已到上海，何时接见，请示。"下面的礼节性的词句却颇奇怪，不是通常用的"此致敬礼"，而是"此问近祺"。我和阎肃不禁相互看了一眼。稍为知道一点中国的文牍习惯的，都知道这至少不够尊敬。

江青在锦江饭店接见了我们。江青对李琪说："对于他们的戏，我希望你了解情况，但是不要过问。"（这是什么话呢？我们剧团是市委领导的剧团，市委宣传部长却对我们的戏不能过问！）她对我们说："上次你们到四川去，我本来也想去。因为飞机经过一个山，我不能适应。有一次飞过的时候，几乎出了问题，幸亏总理叫来了氧气，我才缓过来。你们去，有许多情况，他们不会告诉你们。我万万没有想到：那个时候，四川党还有王明路线！"

我们当时听了虽然感到有点诧异，但是没有感到这句话的严重性，以为她掌握了什么内部材料。"文化大革命"以后，回想起来，才觉出这是一句了不得的话，她要整垮四川党的决心，早就有了。

她决定，《红岩》不搞了，另外搞一个戏：由军队党派一个干部（女的），不通过地方党，找到一个社会关系，打进兵工厂，发动工人护厂，迎接解放。

（哪有这样的事呢？一个地下工作者，不通过党的组织，去开展工作，这根本不符合党的工作原则；一个人，单枪匹马，通过社会关系，发动群众，这可能么？）

我和阎肃，按照她的意思，两天两夜，赶编了一个提纲。新中国成立前夕阎肃在重庆，有一点生活，但是也绝没有她说的那样的生活，——那样的生活根本没有。我是一点生活也没有，但是我们居然编出一个提纲来了！"样板戏"的编剧都有这个本事：能够按照江青的意图，无中生有地编出一个戏来。不这样，又有什么办法呢？提纲出来了，定了剧名：《山城旭日》。

我们在"编"提纲时，李琪同志很"清闲"，他买了一包上海老城隍庙的奶油五香豆，一边"荡马路"，一边嚓哑倒嚼。

江青虽然不让李琪过问我们的戏，我们还有点"组织性"，我们把提纲向李琪汇报了。李琪听了，说了一句不凉不酸的话："看来，没有生活也是可以搞创作的哦？"

我们向江青汇报了提纲，她挺满意！说："回去写吧！"

回到北京，着手"编"剧。

三月中，她又从上海打电话来："叫他们来一下，关于戏，还有一些问题。"

这次到上海，气氛已经很紧张了。批《海瑞罢官》已经达到高潮。李琪带了一篇他写的批判文章（作为北京市委宣传部长，他不得不写一篇文章）。他把文章交给江青看看。第二天，江青还给了他，只说了一句："太长了吧。"江青这时正在炮制军队文艺座谈会纪要。我和薛恩厚对这个座谈会一无所知。阎肃是知道这个会的，李琪当然也会知道。李琪的神色不像上一次到上海时显得那么自在了。据薛恩厚说（他们的房间相对着，当中隔一个小客厅），他半夜大叫（想是做了噩梦）。

一天，江青叫秘书打电话来，叫我们到"康办"（张春桥在康平路的办公室）去见她。李琪说："我不去了，——她找你们谈剧本。"我说："不去不好吧，还是去一下。"李琪在屋里来来回回地走。汽车已经开出来在门口等着了，他还是来回走。最后，才下了决心："好！去！"

关于剧本，其实没有谈多少意见，她这次实际上是和李琪、薛恩厚谈"试验田"的事。他们谈了些什么，我和阎肃都没有注意。大概是她提了一些要求，李琪没有爽快地同意，只见她站了起来，一边来回踱步，一边说："叫老子在这里试验，老子就在这里试验！不叫老子在这里试验，老子到别处去试验！"声音不很大，但是语气分量很重。回到东湖饭店，李琪在客厅里坐着，沉着脸，半天没有说话。薛恩厚坐在一边，汗流不止。我和阎肃看着他们。我们知道她这是向北京市摊牌。我和阎肃回到房间，阎肃说："一个女同志，'老子'、'老子'的！唉！"我则觉得江青说话时的神情，完全是一副"白相人面孔"。

《山城旭日》写出来了，排练了，彩排了几场，"文化大革命"起来了，戏就搁下了。江青忙着"闹革命"，也顾不上再过问这个戏。

剧团的领导都被揪了出来，他们是"走资派"。我也被揪了出来，因为是"老右派"，而且我和薛恩厚曾合作写过一个剧本《小翠》，被认为是反党反社会主义的大毒草。剧中有一个傻公子，救了一只狐狸，他说是猫，别人告诉他这不是猫，你看，这是个大尾巴，

192

傻公子愣说"大尾巴猫"！这就不得了了，这影射什么！"文化大革命"中许多"革命群众"的想象力真是特别丰富，他们能从一句话里挖出你想象不到的意思。

批斗、罚跪、在头发当中推一剪子开出一条马路，在院内游街，挨几下打，这些都是题中应有之义，全国皆然，不必细说。

后来把我们都关到一间小楼上，这时两派斗了起来，"革命群众"对我们也就比较放松，不大管了。

小楼上关的，有被江青在"一一·二八"大会上点名的剧团领导，几个有历史问题的"反革命"，还有得罪了江青的赵燕侠。虽然只十来个人，但小楼很小，大家围着一张长桌坐着，凳子挨着凳子，也够挤的。坐在里边的人要下楼解手，外边的人就得站起来让他过去。我有一次下楼，要从赵燕侠身前过，她没有站起来，却刷地一下把左脚高举过了头顶。赵老板有《大英杰烈》的底子，腿功真不错！我们按时上下班，比起"革命群众"打派仗，热火朝天，卜昼卜夜，似乎还更清静一些。每天的日程是学毛选，交代问题，劳动。"问题"只是那些，交代起来没个完，于是大家都学会了车轱辘话来回转，这次是"一、二、三、四、五"，下次是"五、四、三、二、一"。劳动主要是两项。一是劈劈柴。剧团隔一个胡同有一个小院子，里面有许多破桌子烂椅子，我们就把这些桌椅破碎供生炉子取暖用。这活劳动量不大，关起院门，与世隔绝，可以自由休息，随便说话。另外一项是抬煤。两个人抬一筐，不算太沉。吃饭自己带。有人竟然带了干烧黄鱼中段、煨牛肉、三鲜馅的饺子来，可以彼此交换品尝。应该说，我们的小楼一统的日子，没有受太大的罪。但是一天一天这么下去，到哪儿算一站呢？

一天，薛恩厚正在抬煤，李英儒（当时是中央文革小组的联络员，隔十天半月到剧团来看看）对他说："老薛，像咱们这么大的年纪，这样重的活就别干了。"我一听，奇怪，为何态度亲切乃尔？过了几天，我在抬煤，李英儒看见，问我："汪曾祺，你最近在干什么哪？"我说："检查、交代。"他说："检查什么！看看《毛选》吧。"我心里明白，我们的问题大概快要解决了。

四月二十七日上午，革委会的一位委员上小楼叫我，说："李英儒同志找你。"我到了办公室，李英儒说："准备解放你，你准备一下，向群众做一次检查。"我回到小楼，正考虑怎样检查，李英儒又派人来叫我，说："不用检查了，你表一个态。——不要长，五分钟就行了。"我刚出办公室，走了几步，又把我叫回去，说："不用五分钟，三分钟就行了！"

过不一会，群众已经集合起来。三分钟，说什么？除了承认错误，我说："江青同志如果还允许我在'样板戏'上尽一点力，我愿意鞠躬尽瘁，死而后已！"这几句话在"四人帮"垮台后，我不知道检查了多少次。但是我当时说的是真心话，而且是非常激动的。

表了态，我就"回到革命队伍当中"了，先在"干部组"待着。和八九个月以前朝夕相处的老同志坐在一起，恍同隔世。

刚刚坐定，一位革委会委员拿了一张戏票交给我："江青同志今天来看《山城旭日》，你晚上看戏。"

过了一会，委员又把戏票要走。

过了一会，给我送来一张请帖。

过了一会，又把请帖要走。

我不知道这是怎么回事。李英儒派人来叫我到办公室，告诉我："江青同志今天来看戏，你和阎肃坐在她旁边。"

我当时囚首垢面，一身都是煤末子，衣服也破烂不堪。回家换衣服，来不及了，只好临时买了一套。

开戏前，李英儒早早在贵宾休息室坐着。我记得闻捷和李丽芳来，李英儒和他们谈了几句（这是我唯一一次见到闻捷）。快开演前，李英儒嘱咐我："不该说的话不要说。"我不知道这句话是什么意思。我没有什么话要跟江青说，也不知道有什么话不该说。恍恍惚惚，如在梦里。

快开戏了，江青来，坐下后只问我一个她所喜欢的青年演员在运动中表现怎么样，我不了解情况，只好说："挺好的。"

看戏过程中，她说了些什么，我全不记得了，只记得她说："你们用毛主席诗词做每场的标题，倒省事啊！不要用！"

散了戏，座谈。参加的人，限制得很严格。除了剧作者，只有杨成武、谢富治、陈亚丁。她坐下后，第一句话是："你们开幕的天幕上写的是'向大西南进军'（这个戏开幕后是大红的天幕，上写六个白色大字：'向大西南进军'），我们这两天正在研究向大西南进军。"

当时我们就理解，她所谓"向大西南进军"，就是搞垮大西南的党政领导，把"革命"的烈火在大西南烧得更猛。后来西南几省，尤其是四川，果然乱得一塌糊涂。

除了陈亚丁长篇大论地谈了一些对戏的意见外，他们所谈的都是关于"文化大革命"的事。我和阎肃只好装着没听见。

忽然江青发现一个穿军装的年轻女同志在一边不停地记,她脸色一变,问:"你是哪来的?"

"我是军报的。"

"谁让你进来的?"

"……"

"我们在这里漫谈,你来干什么?出去!"

这位女记者满面通红,站起来往外走。

"把你的笔记本留下,你这样做,我很不放心!"

江青有个脾气,她讲话,不许记录。何况今天的讲话,非同小可,这位女同志冒冒失失闯了进来,可谓"不知天高地厚"。

杨成武说了几句,门外喊"报告!",杨成武听出是秘书的声音。"进来!"秘书在杨成武耳边说了几句话,杨成武起立,说:"打下了一架无人驾驶飞机,我去处理一下。"江青轻轻一扬手:"去吧!"

江青这种说话语气,我们见过不止一次。她对任何干部,都是"见官大一级",用"一朝国母"的语气说话。

谢富治发言,略谓"打开了重庆,我是头一个到渣滓洞去看了的。根据我对地形的观察,根本不可能跑出一个人来!"

我当时就想:坏了!按照他的逻辑,渣滓洞的幸存者,全是叛徒。我马上想到罗广斌。罗广斌后来不明不白地死掉了,我一直想,这和谢富治这句斩钉截铁地断言是有(尽管不是直接的)关系的。

座谈结束,已经是深夜两点多钟。公共汽车、电车早已停驶。剧团不会给我留车。我也绝没想到让剧团给我派一辆车。我只好由虎坊桥步行回甘家口，走到家，天都快亮了。

我在"文化大革命"中的遭遇，我的"解放"，尘芥浮沤而已。

走到家，天都快亮了。

公共汽车

去年，在公共汽车上，我的孩子问我："小驴子有舅舅吗？"他在路上看到一只小驴子；他自己的舅舅前两天刚从桂林来，开了几天会，又走了。

今年，在公共汽车上，我的孩子告诉我："这是洒水车，这是载重汽车，这是老吊车……我会画大卡车。我们托儿所有个小朋友，他画得棒极了，他什么都会画，他……"

我的孩子跟我说了不止一次了："我长大了开公共汽车！"我想了一想，我没有意见。不过，这一来，每次上公共汽车，我就只好更得顺着他了。从前，一上公共汽车，我总是向后面看看，要是有座位，能坐一会也好嘛。他可不，一上来就往前面钻。钻到前面干什么呢？站在那里看司机叔叔开汽车。起先他问我为什么前面那个表旁边有两个扣子大的小灯，一个红的，一个黄的？为什么亮了——又慢慢地灭了？我以为他发生兴趣的也就是这两个小灯；后来，我发现并不是的，他对那两个小灯已经颇为冷淡了，但还是一样一上车就急忙往前面钻，站在那里看。我知道吸引住他的早就已经不是小红灯小黄灯，是人开汽车。我们曾经因为意见不同而发生过不愉快。有一两次因为我不很了解，没有尊重他的愿望，一上车就抱着他到后面去坐下了，及至发觉，则已经来不及了，前面已经堵得严严的，怎么也挤不过去了。于是他跟我吵了一路。"我说上前面，你定要到后面来！"——"你没有说呀！"——"我说了！我说了！"——他是没有说，不过他在心里是说了。"现在去也不行啦，这么多人！"——"刚才没有人！刚才没有人！"这以后，我就尊重他了，甭想再坐了。但是我"从思想里明确起来"，则还在他宣布了他的志愿以后。从此，一上车，我就立刻往右拐，几乎已经成了本能，简直比他还积极。有时前面人多，我也带着他往前挤："劳驾，劳驾，我们这孩子，唉！要看开汽车，咳……"

开公共汽车。这实在也不坏。

开公共汽车，这是一桩复杂的，艰巨的工作。开公共汽车，这不是开普通的汽车。你知道，北京的公共汽车有多挤。在公共汽车上工作，这是对付人的工作，不是对付机器。

在北京的公共汽车上工作的，开车的，售票的，绝大部分是一些有本事的，精干的人。我看过很多司机，很多售票员。有一些，确乎是不好的。我看过一个面色苍白的、萎弱的售票员，他几乎一早上出车时就打不起精神来。他含含糊糊地，口齿不清地报着站名，吃力地点着钱，划着票；眼睛看也不看，带着淡淡的怨气呻吟着："不下车的往后面走走，下面等车的人很多……"也有的司机，在车子到站，上客下客的时候就休息起来，或者看他手上的表，驾驶台后面的事他满不关心。但是我看过很多精力旺盛的，机敏灵活的，不疲倦的售票员。我看到过一个长着浅浅的络腮胡子和一对乌黑的大眼睛的角色，他在最挤的一趟车快要到达终点站的时候还是声若洪钟。一副配在最大的演出会上报幕的真正漂亮的嗓子。大声地说了那么多话而能一点不声嘶力竭，气急败坏，这不只是个嗓子的问题。我看到过一个家伙，他每次都能在一定的地方，用一定的速度报告下车之后到什么地方该换乘什么车，他的声音是比较固定的，但是保持着自然的语调高低，咬字准确清楚，没有像有些售票员一样把许多字音吃了，并且因为把两个字音搭起来变成一种特殊的声调，没有变成一种过分职业化的有点油气的说白，没有把这个工作变成一种仅具形式的玩弄——而且，每一次他都是恰好把最后一句话说完，车也就到了站，他就在最后一个字的尾音里拉开了车门，顺势弹跳下车。我看见过一个总是高高兴兴而又精细认真的小伙子。那是夏天，他穿一件背心，已经完全汗湿了而且弄得颇有点污脏了，但是他还是笑嘻嘻的。我看见他很亲切地请一位乘客起来，让一位怀孕的女同志坐，而那位女同志不坐，说她再有两站就下车了，"坐两站也好嘛！"她竟然坚持不坐，于是他只好无可奈何地笑一笑；车上的人也都很同情他的笑，包括那位刚刚站起来的乘客，这个座位终于只是空着，尽管车上并不是不挤。车上的人这时想到的不是自己要不要坐下，而是想的另外一类的事情。

有那样的售票员，在看见有孕妇、老人、孩子上车的时候也说一声："劳驾来，给孕妇、抱小孩的让个座吧！"说完了他就不管了。甚至有的说过了还急忙离孕妇老人远一点，躲开抱着孩子的母亲向他看着的眼睛，他怕真给找起座位来麻烦，怕遇到蛮横的乘客惹起争吵，他没有诚心，在困难面前退却了。他不。对于他所提出的给孕妇、老人、孩子让座的请求是不会有人拒绝，不会不乐意的，因为他确是在关心着老人、孕妇和孩子，不只是履行职务，他是要想尽办法使他们安全，使他们比较舒适的，不只是说两句话。他找起座位来总是比较顺利，用不了多少时候，所以耽误不了别的事。这不是很奇怪吗？是的，了解一个人的品德并不很难，只要看看他的眼睛。我看见，在车里人比较少一点的时候，在他把票都卖完了的时候，他和一个学生模样的女孩子在闲谈，好像谈她的姨妈怎么怎么的，看起来，这女孩是他一个邻居。而当车快到站的时候，他立刻很自然地结束了谈话，扬声报告所到的站名和转乘车辆的路线，打开车门，稳健而灵活地跳下去。我看见，他的背心上印着字：一九五五年北京市公共汽车公司模范售票员；底下还有一个号码，很抱歉，我把它忘了。当时我是记住的，我以为我不会忘，可是我把它忘了。我对记数目字太没有本领了——是225？是不是？现在是六点一刻，他就要交班了。他到了家，洗一个澡，一定会换一身干干净净的、雪白的衬衫，还会去看一场电影。会的，他很愉快，他不感到十分疲倦。是和谁呢？是刚才车上那个女孩子么？这小伙子有一副招人喜欢的体态：文雅。多么漂亮，多有出息的小伙子！祝你幸福……

我看到过一个司机。就是跟那个苍白的、疲乏的售票员在一辆车上的司机。这是一个沉默寡言的，冷静的人，有四十多岁，一张瘦瘦的黑黑的脸，脸上没有什么表情。这个人，车是开得好的；在路上遇到什么人乱跑或者前面的自行车把不住方向，情况颇为紧急时，从不大惊小怪，不使得一车的人都急忙伸出头来往外看，也不大声呵斥

我的孩子长大了要开公共汽车我没有意见。

骑车行路的人。这个人，一到站，就站起来，转身向后，偶尔也伸出手来指点一下："那位穿蓝制服的，你要到西单才下车，请你往后走走。拿皮包的那位同志，请你偏过身子来，让这位老太太下车，车下有一个孕妇，坐专座的同志，请你站起来。往后走，往后走，后面还有地方，还可以再往后走。"很奇怪，车上的人就在他这样简单的、平淡的话的指挥之下，变得服服帖帖，很有秩序。他从来不呼吁，不请求，不道"劳驾"，不说"上下班的时候，人多，大家挤挤！""大礼拜六的，谁不想早点回家呀，挤挤，挤挤，多上一个好一个！""外边下着雨，互相多照顾照顾吧，都上来了最好！""上不来了！后边车就来啦！我不愿意多上几个呀！我愿意都上来才好哩，也得挤得下呀！"他不说这些！这个人身上有一种奇特的东西，那就是：坚定、自信。我看了看车上钉着的"公共汽车司机售票员守则"，有一条，是"负责疏导乘客"，"疏导"，这两个字是谁想出来的？这实在很好，这用在他身上是再恰当也没有了。于此可见，语言，是得要从生活里来的。我再看看"公约"，"公约"的第一条是："热爱乘客。"我想了想，像他这样，是"热爱"么？我想，是的，是热爱，这样的冷静、坚定，也是热爱，正如同那225号的小伙子的开朗的笑容是热爱一样……

人，是有各色各样的人的。

……我的孩子长大了要开公共汽车，我没有意见。

一九五七年

生机

芋头

一九四六年夏天，我离开昆明去上海，途经香港。因为等船期，滞留了几天，住在一家华侨公寓的楼上。这是一家下等公寓，已经很敝旧了，墙壁多半没有粉刷过。住客是开机帆船的水手，跑澳门做鱿鱼、蚝油生意的小商人，准备到南洋开饭馆的厨师，还有一些说不清是什么身份的角色。这里吃住都是很便宜的。住，很简单，有一条席子，随便哪里都能躺一夜。每天两顿饭，米很白。菜是一碟炒通菜、一碟在开水里焯过的墨斗鱼脚，顿顿如此。墨斗鱼脚，我倒爱吃，因为这是海味。——我在昆明七年，很少吃到海味。只是心情很不好。我到上海，想去谋一个职业，一点着落也没有，真是前途渺茫。带来的钱，买了船票，已经所剩无几。在这里又是举目无亲，连一个可以说说话的人都没有。我整天无所事事，除了到皇后道、德辅道去瞎逛，就是踅到走廊上去看水手、小商人、厨师打麻将。真是无聊呀。

我忽然发现了一个奇迹，一棵芋头！楼上的一侧，一个很大的阳

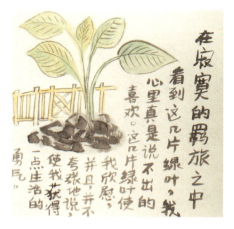

台，阳台上堆着一堆煤块，煤块里竟然长出一棵芋头！大概不知是谁把一个不中吃的芋头随手扔在煤堆里，它竟然活了。没有土壤，更没有肥料，仅仅靠了一点雨水，它，长出了几片碧绿肥厚的大叶子，在微风里高高兴兴地摇曳着。在寂寞的羁旅之中看到这几片绿叶，我心里真是说不出的喜欢。

这几片绿叶使我欣慰，并且，并不夸张地说，使我获得一点生活的勇气。

豆芽

秦老九去点豆子。所有的田埂都点到了。——豆子一般都点在田埂的两侧，叫作"豆埂"，很少占用好地的。豆子不需要精心管理，任其自由生长。谚云："懒媳妇种豆。"还剩下一把。秦老九懒得把这豆子带回去。就掀开路旁一块石头，把豆子撒到石头下面，说了一

这棵柳树将带着一圈长进树皮里的铁蒺藜继续往上长，

声："去你妈的，"又把石头放下了。

　　过了一阵，过了谷雨，立夏了，秦老九到田头去干活，路过这块石头，他的眼睛瞪得像铃铛，石头升高了！他趴下来看看！豆子发了芽，一群豆芽把石头顶起来了。

　　"咦！"

　　刹那之间，秦老九成了一个哲学家。

长进树皮里的铁蒺藜

玉渊潭当中有一条南北的长堤，把玉渊潭隔成了东湖和西湖。堤中间有一水闸，东西两湖之水可通。东湖挨近钓鱼台。"四人帮"横行时期，沿东湖岸边拦了铁丝网。附近的老居民把铁丝网叫作铁蒺藜。铁丝网就缠在湖边的柳树干上，绕一个圈，用钉子钉死。东湖被圈禁起来了。湖里长满了水草，有成群的野鸭凫游，没有人。湖中的堤上还可以通过，也可以散散步，但是最好不要停留太久，更不能拍照。我的孩子有一次带了一个照相机，举起来对着钓鱼台方向比了比，马上走过来一个解放军，很严肃地说："不许拍照！"行人从堤上过，总不禁要向钓鱼台看两眼，心里想：那里头现在在干什么呢？

"四人帮"粉碎后，铁丝网拆掉了。东湖解放了。岸上有人散步，遛鸟，湖里有了游船，还有人划着轮胎内带扎成的筏子撒网捕鱼，有人弹吉他、吹口琴、唱歌。住在附近的老人每天在固定的地方聚会闲谈。他们谈柴米油盐、男婚女嫁、玉渊潭的变迁……

但是铁蒺藜并没有拆净。有一棵柳树上还留着一圈。铁蒺藜勒得紧，柳树长大了，把铁蒺藜长进树皮里去了。兜着铁蒺藜的树皮愈合了。鼓出了一圈，外面还露着一截铁的毛刺。

有人问："这棵树怎么啦？"

一个老人说："铁蒺藜勒的！"

这棵柳树将带着一圈长进树皮里的铁蒺藜继续往上长，长得很大，很高。

玉渊潭的传说

　　玉渊潭公园范围很大。东接钓鱼台，西到三环路，北靠白堆子、马神庙，南通军事博物馆。这个公园的好处是自然，到现在为止，还不大像个公园，——将来可不敢说了。没有亭台楼阁、假山花圃。就是那么一片水，好些树。绕湖边长堤，转一圈得一个多小时。堤上有人遛鸟。有两三处是鸟友们"会鸟"的地方。画眉、百灵，叫成一片。有人打拳、做鹤翔桩、跑步。更多的人是遛弯儿的。遛弯有几条路线，所见所闻不同。常遛的人都深有体会。有一位每天来遛的常客，以为从某处经某处，然后出玉渊潭，最有意思。他说："这个弯儿不错。"

　　每天遛弯儿，总可遇见几位老人。常见，面熟了，见到总要点点头："遛遛？"——"吃啦？"——"今儿天不错，——没风！"……

　　几位老人都已经八十上下了。他们是玉渊潭的老住户，有的已经住了几辈子。他们原来都是种地的，退休了。身子骨都挺硬朗。早晨，他们都绕长堤遛弯儿。白天，放放奶羊、莳弄莳弄巴掌大的一块菜地、摘一点喂鸡的猪儿草。晚饭后大都聚在湖北岸水闸旁边聊天。尤其是夏天，常常聊到很晚。这地方凉快。

我听他们聊，不免问问玉渊潭过去的事。

他们说玉渊潭原本是一片荒地，没有什么人来。只有每年秋天，热闹几天。城里很多人到玉渊潭来吃烤肉，——北京人不是讲究"贴秋膘"吗？各处架起烤肉炙子，烧着柴火，烤肉的香味顺风飘得老远……

秋高气爽，到野地里吃烤肉，瞧瞧湖水，闻着野花野草的清香，确实是一件乐事。我倒愿意这种风气能够恢复。不过，很难了！

老人们说：这玉渊潭原本是私人的产业，是张××的（他们把这个姓张的名字叫得很真凿，我曾经记住，后来忘了）。那会儿玉渊潭就是当中有一条陆地，种稻子。土肥水好，每年收成不错，玉渊潭一带的人，种的都是张家的地。

他们说：不但玉渊潭，由打阜成门，一直到现在的三环路，都是张××的，他一个人的。

（这可能么？）

这张××是怎么发的家呢？他是做"供"的。早年间北京人订供，不是一次给钱，而是分期给、按时给，从正月给到腊月，年底下就能捧回去一盘供。这张××收了很多家的钱，全花了。到了年根，要面没面，要油没油，拿什么给人家呀！他着急呀，睡不着觉。迷迷糊糊地，睡着了，做了一个梦。梦里听见有人跟他说：张××，哪儿哪儿有你的油，你的面，你去拉吧！他醒来，到了那儿，有一所房，里面有油，有面。他就赶着车往外拉。怎么拉也拉不完。怎么拉，也拉不完。起那儿，他就发了大财了！

这个传说当然不可信，情节也比较一般化。不过也还有点意思。从这个传说让我了解了几件事。

第一，北京人家过年，家家都要有一盘供。南方人也许不知道什么是"供"。供，就是面搋成指头粗的条，在油里炸透，蘸了蜂蜜，堆成宝塔形，供在神案上的一种甜食。这大概本来是佛教敬奉释迦牟尼的东西，而且本来可能是庙里制作的。《红楼梦》第一回写葫芦庙中炸供，和尚不小心，油锅火逸，造成火灾，可为旁证。不过《红楼梦》写炸供是在三月十五，而北京人家摆供则在大年初一，季节不同。到后来，就不只是敬给释迦牟尼了，天上地下，各教神仙都有份。似乎一切神佛都爱吃甜东西。其实爱吃这种甜食的是孩子。北京的孩子大概都曾乘大人看不见的时候，偷偷地掰过供尖吃。到了撤供的时候，一盘供就会矮了一截。现在过年的时候，没有人家摆供了，不过点心铺里还有"蜜供"卖，只是不复堆成宝塔形，而是一疙瘩一块的。很甜，有一点蜜香。

第二，我这才知道，北京人家订供，用的是这种"分期付款"的办法。分期付款，我原以为是外国传来的，殊不知中国，北京，古已有之。所不同的，现在的分期付款是先取了东西，再陆续付钱，订供则是先钱后货。小户人家，到年底一次拿出一笔钱来办供，有些费劲，这样零揪着按月交钱，就轻松多了；做供的呢，也可以攒了本钱，从容备料。买主卖主，两得其便。这办法不错！

第三，这几位老人对这传说毫不怀疑。他们是当真事儿说的。

他们说张××实有其人，他们说他就住在三环路的南边。他们说北京人有一句话："你有钱！——你有钱能比得了张××吗？"这几位老人都相信：人要发财，这是天意，这是命。因此，他们都顺天而知命，与世无争，不做非分之想。他们勤劳了一辈子，恬淡寡欲，心平气和。因此，他们都长寿。

一九八六年一月十三日

独
÷
酌

酣·唱

宋士杰 —— 一个独特的典型

　　《四进士》原来是一出很芜杂的群戏，现在也还保留着一些芜杂的痕迹，比如杨素贞手上戴的那只紫金镯，与主线已经没有多大关系了。它之能够流传到今天，成为一出无可比拟的独特的京剧，是因为剧中塑造了一个独特的典型，宋士杰。

　　宋士杰是一个讼师。现在大概很多人不知道讼师是干什么的了。过去，是每一个县城里都有的，他们的职业是包打官司，即包揽诉讼。凡有衙门处即有讼师。只要你给他钱，他可以把你的官司包下来，把你的对手搞得倾家荡产，一败涂地。在生活里，他们也是很刁钻促狭的。讼师住的地方，做小买卖的都不愿停留，邻居家的孩子都不敢和他们家的孩子打架。然而《四进士》却写了一个好讼师，这就很特别。

　　宋士杰的好处在于，一是办事傲上。这在封建社会里是一种难得的品德。二是好管闲事。

　　要写他的爱管闲事，却从他怕管闲事写起。

宋士杰的出场是很平淡的，几记小锣，他就走出来了。四句诗罢，自报家门：

"老汉宋士杰。在前任道台衙门，当过一名刑房书吏。只因我办事傲上，才将我的刑房革退。在西门以外，开了一所小小店房，不过是避嫌而已……"

避嫌，避什么嫌呢？避官场之嫌。开店是一种姿态，表示引退闲居，从此不再往衙门里插手，免招是非物议。他虽然也不甘寂寞，偶尔给吃衙门饭的人一点指点，杯酒之间，三言两语。平常则是韬晦深藏，很少活动的了。以致顾读一听说宋士杰这名字，吃惊道："宋士杰！这老儿还未曾死么？"

他卷进一场复杂的纠纷，完全是无心的，偶然的。他要去吃酒，看见刘二混等一伙光棍追赶杨素贞，他的老毛病犯了：

"啊！这信阳州一班无徒光棍，追赶一个女子；若是追在无人之处，那女子定要吃他们的亏。我不免赶上前去，打他一个抱不平！"

（"无徒"即无赖，元曲中屡见。白朴《梧桐雨》、关汉卿《望江亭》中都有。没想到这个古语在京剧里还活着。有的整理过的剧本写成"无头"，就没有讲了。）

但是转念一想：

"咳！只因为多管人家的闲事，才将我的刑房革退，我又管的什么闲事啊。不管也罢，街市上走走。"

他和万氏打跑了刘二混，事情本来就完了。不想万氏把杨素贞领到家里——店里来了。他和杨素贞的攀谈，问人家姓什么，哪里的人，到信阳州来做什么……都是一些见面后应有的闲话。听到杨素贞是越衙告状来了，他顺口说了一句："哎呀，越衙告状，这个冤枉一定是大了。"也只是平常的感慨（《四进士》能用口语的念白写出人物的神情，非常难得。这出戏的语言是很值得研究的）。他想看看人家的状子，只是一种职业性的兴趣。他指出什么是"由头"，点出哪里是"赖词"，称赞"状子写得好"，"作状子的这位老先生有八台之位"，"笔力上带着"，但是"好是好，废物了！"（多好的语言！若是写成"好倒是好啊，可惜么，是一个废物了！"便索然无味。可惜我们今天的许多剧本用的正是后一种语言）———"道台大人前呼后拥，女流之辈，挨挤不上，也是枉然。""交还与她"，他不管了！

杨素贞叫了宋士杰一声干父，宋士杰答应到道台衙门去递状。

到道台衙门递一张状，这在宋士杰，真是小事一桩。本来可以不误堂点，顺顺当当把状子递上。不想遇着丁旦，拉去酒楼，出了个岔子，逼得他不得不击动堂鼓，面见顾读。犹如一溪春水，撞到一块石头，激动了浪花。宋士杰湿了鞋子，掉进了漩涡，越陷越深，不能自拔。他从一个旁观者变成了当事人，从一个局外人变成了矛盾的一个主要方面。他的性格也就在愈趋复杂的斗争中，更加清楚、更加深刻的展示出来。作者没有一开头就写他路见不平，义形于色，揎拳攘袖，拔刀向前。那样就不是宋士杰，而是拼命三郎石秀了。

宋士杰是一个讼师。他的主要行动是打官司(河南梆子这出戏就叫《宋士杰打官司》)。他的主要的戏是一公堂、二公堂、盗书、三公堂。三公堂是毛朋的戏，宋士杰无大作为。盗书主要看表演，没有多少语言。真正表现宋士杰的讼师本色的，是一公堂、二公堂。一公堂、二公堂的对立面是顾读。全剧的精彩处也在于宋士杰斗顾读。

一公堂斗争的焦点是宋士杰是不是包揽词讼。过去，讼师是一种不合法的职业。"包揽词讼"本身就是罪名。所有的讼师在插手一桩官司之前，都首先要把这项罪名搞清。否则未曾回话，官司就输了。宋士杰知道，上堂之后，顾读必然首先要挑这个眼。顾读一声"传宋士杰！"丁旦下堂："宋家伯伯，大人传你。"宋士杰"吓"了一声，丁旦又说："大人传你。"宋士杰好像没有听明白："哦，大人传我？"丁旦又重复一次："传你！小心去见。"宋士杰好像才醒悟过来："呵呵，传我？"这么一句话有什么听不明白的呢？他怎么这样心不在焉，反应迟钝呢？不是迟钝，他是在想主意。他脱下鸭尾巾，露出雪白的发纂（刹那之间，宋士杰变得很美），报门："报！宋士杰告进。"不卑不亢，似卑实亢。这时他已经成竹在胸，所以能如此从容。剧作者的笔墨精细处真不可及！

果然，顾读劈头就问：

"你为何包揽词讼？"

"怎见得小人包揽词讼？"

"杨素贞越衙告状，住在你的家中，分明是你挑唆而来，岂不是包揽词讼？"

顾读问得在理。

"小人有下情回禀。"

"讲！"

宋士杰的辩词实在出人意料：

"吓。小人宋士杰，在前任道台衙门当过一名刑房书吏。只因我办事傲上，才将我的刑房革掉。在西门以外开了一所小小店房，不过是避嫌而已。曾记得那年，法往河南上蔡县办差，住在杨素贞的家中；杨素贞那时间才这长这大，拜在我的名下，收为义女。数载以来，书不来，信不往。杨素贞她父已死。她长大成人，许配姚廷椿为妻。她的亲夫被人害死，来到信阳州越衙告状。常言道是亲者不能不顾，不是亲者不能相顾。她是我的干女儿，我是她的干父。干女儿不住在干父家中，难道说，叫她住在庵堂——寺院？"

这真是老虎闻鼻烟！一件没影子的事，他却说得有鼻子有眼，活灵活现，点水不漏，无懈可击！这段辩词，层次清楚，语调铿锵，真是掷地作金石声！"这长这大"，真亏他想得出来。——我们现在要是写，像"这长这大"这样活生生的语言，是无论如何写不出来的。

什么叫讼师？这就叫讼师：数白道黑，将无作有。

二公堂是宋士杰替杨素贞喊冤。顾读受贿之后，对杨素贞拶指逼供，上刑收监。宋士杰在堂口高喊："冤枉！"

"宋士杰，你为何堂堂喊冤？"

"大人办事不公！"

"本道哪些儿不公？"

"原告收监，被告讨保，哪些儿公道？"

"杨素贞告的是谎状。"

"怎见得是谎状？"

"他私通奸夫，谋害亲夫，岂不是谎状？"

"奸夫是谁？"

"杨春。"

"哪里人氏？"

"南京水西门。"

"杨素贞？"

"河南上蔡县。"

"千里路程，怎样通奸？"

"呃，——他是先奸后娶！"

"既然如此，她不去逃命，到你这里送死来了！"

这个地方宋士杰是有理的。他得理不让人，步步进逼，语快如刀，不容喘息，一鞭一条痕，一抿一掌血，一直到把对方打翻在地，再也起不来，真是老辣之至。

除了写他是个会打官司的讼师，一个尖刻厉害的刀笔，剧本还从多方面刻画他的世事洞明，人情练达。

宋士杰误过午堂，状子不曾递上，心里很懊恼，回家的路上，一个人自言自语地叨叨："咳！酒楼之上，多吃了一杯，升过堂了，状子没有递上，只好回去。吃酒的误事！回得家去，干女儿迎上前来，言道：'干父回来了？'我言道：'我回来了。'干女儿必定问道：'状子可曾递上？'我言道：'遇见一个朋友，在酒楼之上，多吃了一杯，升过堂了，没有递上。'她必然言道：'干父啊，我不是你的亲生女儿，若是你的亲生女儿，酒也不吃，状子也递上了。'这两句言语，总是有的……这两句言语，总是……"

到了家，杨素贞果然对万氏说：

"嗳，我不是他的亲生女儿……"

宋士杰用极低的声音说：

"来了！"

杨素贞接着说：

"若是你的亲生女儿，酒也不吃了，状子也递上了！"

宋士杰：

"我早晓得有这两句话……"

真是如见其肺肝然。

他听说按院大人下马，写了一张上告的状子，途遇杨春，认为干亲，合计告状。听说鸣锣开道，差杨春前去打听，他突然想起：

"哎呀！按院大人有告示在外，有人拦轿喊冤，四十大板。我实实挨不起了。我看杨春这个娃娃，倒也精壮得很，我把这四十板子，照顾了这个娃娃吧！"

杨春递状回来，他不好问人家递上了没有，他叫人家"走过去"，"走回来"。

"啊，这娃娃怎么还不回来？待我迎上前去。"

"义父！"

"娃娃，你回来了？"

"我回来了。"

"状子可曾递上？"

"递上了。"

"哦，递上了！——递上了？"

"递上了。"

"递上了？"

"递上了啊！"

"走过去！"

"哦，走过去。"

"走回来。"

"好，走回来。"

"唉，娃娃，你没有递上。"

"怎见得没有递上？"

"哈哈！娃娃，我实对你讲了吧，按院大人有告示在外，有人拦轿喊冤，打四十大板。你两腿好好的，状子没有递上吧！" 有一个孩子读《四进士》剧本，读到这里，说："这个宋士杰真坏！"

宋士杰是真坏。可是他真好。他是个很坏的好人。这就是宋士杰，是一个有血有肉的活人，不一般化，不是大慈大悲救苦救难观世音菩萨。

《四进士》一个很大的特点，是运用大量的细节来刻画人物。作者简直是信手拈来，涉笔成趣，笔笔都为人物增添一分光彩。这在戏曲里，至少在京剧里是极为少见的。

为什么作者能够这样随心所欲地写出这样多的细节来呢？原因只有一个：对这个人物太熟了。

张天翼同志在谈儿童文学的一篇讲话中，提出从人物出发。他说：有了人物，没有情节可以有情节，没有细节可以有细节。这是老作家的三折肱之言，是度世的金针。

在去年的全国剧目工作会议上，有一个省的代表介绍经验，说他们省领导创作的同志，在讨论提纲或初稿时，首先问剧作者：你是不是觉得你所写的人物，已经好像站在你的面前了？否则，你不要写！

这真是一条十分有益的经验。抓创作，其实只要抓住一条，就够了，抓人物。其余的，都是次要的。我们的许多领导创作的同志，瞎抓一气，就是不懂得抓人物。那种：主题有积极意义，已经有了一定基础，希望继续加工，不要放下……之类的废话，是杀死创作的官僚主义的软刀子。我们已经有了多少在娘胎里闷死的剧本，有了多少毫不精彩，劳民伤财的，叫人连意见都没法提的寡淡的演出，其弊只在一点：没有人物。

马·张·赵

马（连良）、谭（富英）、张（君秋）、裘（盛戎）、赵（燕侠），是北京京剧团的"五大头牌"。我从一九六一年底参加北京京剧团工作，和他们有一些接触，但都没有很深的交往。我对京剧始终是个"外行"（京剧界把不是唱戏的都叫作"外行"）。看过他们一些戏，但是看看而已，没有做过任何研究。现在所写的，只能是一些片片段段的印象。有些是我所目击的，有些则得之于别人的闲谈，未经核实，未必可靠。好在这不入档案，姑妄言之耳。

描述一个演员的表演是几乎不可能的事。马连良是个雅俗共赏的表演艺术家，很多人都爱看马连良的戏。但是马连良好在哪里，谁也说不清楚。一般都说马连良"潇洒"。马连良曾想写一篇文章：《谈潇洒》，不知写成了没有。我觉得这篇文章是很难写的。"潇洒"是什么？很难捉摸。《辞海》"潇洒"条，注云："洒脱，不拘束"，庶几近之。马连良的"潇洒"，和他在台上极端的松弛是有关系的。马连良天赋条件很好：面形端正，眉目清朗，——眼睛不大，而善于表情，身材好，——高矮胖瘦合适，体格匀称。他的一双脚，照京剧演员的说法，"长得很顺溜"。京剧演员很注意脚。过去唱老生大都包脚，为的是穿上靴子好看。一双脚腩里咕叽，浑身都不会有精神。他腰腿幼功很好，年轻时唱过《连环套》，唱过《广泰庄》这类的武戏。脚底下干净，清楚。一出台，就给观众一个清爽漂亮的印象，照戏班里的说法："有人缘儿。"

马连良在做角色准备时是很认真的。一招一式，反复捉摸。他的夫人常说他："又附了体。"他曾排过一出小型现代戏《年年有余》（与张君秋合演），剧中的老汉是抽旱烟的。他弄了一根旱烟袋，整天在家里摆弄，"找感觉"。到了排练场，把在家里捉摸好的身段步位走出来就是，导演不去再提意见，也提不出意见，因为他的设计都挑不出毛病。所以导演排他的戏很省劲。到了演出时，他更是一点负担都没有。《秦香莲》里秦香莲唱了一大段"琵琶词"，他扮的王延龄坐在上面听，没有什么"事"，本来是很难受的，然而马连良不"空"得慌，他一会捋捋髯口（马连良捋髯口很好看，捋"白满"时用食指和中指轻夹住一绺，缓缓捋到底），一会用眼瞟瞟陈世美，似乎他随时都在戏里，其实他在轻轻给张君秋拍着板！他还有个"毛病"，爱在台上跟同台演员小声地聊天。有一次和李多奎聊起来："二哥，今儿中午吃了什么？包饺子？什么馅儿的？"害得李多奎到该张嘴时忘了词。马连良演戏，可以说是既在戏里，又在戏外。

既在戏里，又在戏外，这是中国戏曲，尤其是京剧表演的一个特点。京剧演员随时要意识到自己的唱念做打，手眼身法步，没法长时间地"进入角色"。《空城计》表现诸葛亮履险退敌，但是只有在司马懿退兵之后，诸葛亮下了城楼，抹了一把汗，说道："好险呐！"观众才回想起诸葛亮刚才表面上很镇定，但是内心很紧张，如果要演员一直"进入角色"，又表演出镇定，又表演出紧张，那"我本是卧龙岗散淡的人"的"慢板"和"我正在城楼观山景"的"二六"怎么唱?

有人说中国戏曲注重形式美。有人说只注重形式美，意思是不重视内容。有人说某些演员的表演是"形式主义"，这就不大好听了。马连良就曾被某些戏曲评论家说成是"形式主义"。"形式美"也罢，"形式主义"也罢，然而马连良自是马连良，观众爱看，爱其"潇洒"。

马连良不是不演人物。他很注意人物的性格基调。我曾听他说过："先得弄准了他的'人性'：是绵软随和，还是干梗倔强。"

马连良很注意表演的预示，在用一种手段（唱、念、做）想对观众传达一个重点内容时，先得使观众有预感，有准备，照他的说法是："先打闪，后打雷。"

马连良的台步很讲究，几乎一个人物一个步法。我看过他的《一捧雪》，"搜杯"一场，莫成三次企图藏杯外逃，都为严府家丁校尉所阻，没有一句词，只是三次上场、退下，三次都是"水底鱼"，三个"水底鱼"能走下三个满堂好。不但干净利索，自然应节（不为锣鼓点捆住），而且一次比一次遑急，脚底下表现出不同情绪。王延龄和老薛保走的都是"老步"，但是王延龄位高望重，生活优裕，老而不衰；老薛保则是穷忙一生，双腿僵硬了。马连良演《三娘教子》，双膝微弯，横跨着走。这样弯腿弯了一整出戏，是要功夫的!

　　马连良很知道扬长避短。他年轻时调门很高，能唱《龙虎斗》这样的乙字调唢呐二黄，中年后调门降了下来。他高音不好，多在中音区使腔。《赵氏孤儿》鞭打公孙杵臼一场，他不能像余叔岩一样"白虎大堂奉了命"，"白虎"直拔而上，就垫了一个字："在白虎"，也能"讨俏"。

　　对编剧艺术，他主张不要多唱。他的一些戏，唱都不多。《甘露寺》只一段"劝千岁"，《群英会》主要只是"借风"一段二黄。《审头刺汤》除了两句散板，只有向戚继光唱的一段四平调；《胭脂宝褶》只有一段流水。在讨论新编剧本时他总是说："这里不用唱，有几句白就行了。"他说："不该唱而唱，比该唱而不唱，还要叫人难受。"我以为这是至理名言。现在新编的京剧大都唱得太多，而且每唱必长，作者笔下痛快，演员实在吃不消。

　　马连良在出台以前从来不在后台"吊"一段，他要喊两嗓子。他喊嗓子不像别人都是"啊——咿"，而是："走！"我头一次听到直纳闷：走？走到哪儿去？

　　马连良知道观众来看戏，不只看他一个人，他要求全团演员都要讲究。他不惜高价，聘请最好的配角。对演员服装要求做到"三白"——白护领、白水袖、白靴底，连龙套都如此（在"私营班社"时，马剧团都发理发费，所有演员上场前必须理发）。他自己的服装都是按身材量制的，面料、绣活都得经他审定，有些盔头是他看了古画，自己捉摸出来的，如《赵氏孤儿》程婴的镂金的透空的员外巾。他很会配颜色。有一回赵燕侠要做服装，特地拉了他去选料子。现在有些剧装厂专给演员定制马派服装。马派服装的确比官中行头穿上要好看得多。

张君秋得天独厚，他的这条嗓子，一时无两：甜，圆，宽，润。他的发声极其科学，主要靠腹呼吸，所谓"丹田之气"。他不使劲地摩擦声带，因此声带不易磨损，耐久，"顶活"，长唱不哑。中国音乐学院有一位教师曾经专门研究张君秋的发声方法。——这恐怕是很难的，因为发声是身体全方位的运动。他的气很足。我曾在广和剧场后台就近看他吊嗓子，他唱的时候，颈部两边的肌肉都震得颤动，可见其共鸣量有多大。这样的发声真如浓茶酽酒，味道醇厚。一般旦角发声多薄，近听很亮，但是不能"打远"，"灌不满堂"。有别的旦角和他同台，一张嘴，就比下去了。

君秋在武汉收徒时曾说："唱我这派，得能吃。"这不是开玩笑的话。君秋食量甚佳，胃口极好。唱戏的都是"饱吹饿唱"，君秋是吃饱了唱。演《玉堂春》，已经化好了妆，还来四十个饺子。前面崇公道高叫一声："苏三走动啊！"他一抹嘴："苦哇！"就上去了，"忽听得唤苏三……"在武汉，住璇宫饭店，每天晚上鳜鱼氽汤，二斤来重一条，一个人吃得干干净净。他和程砚秋一样，都爱吃炖肘子。

（唱旦角的比君秋还能吃的，大概只有一个程砚秋。他在上海，到南市的老上海饭馆吃饭，"青鱼托肺"——青鱼的内脏，这道菜非常油腻，他一次要两只。在老正兴吃大闸蟹，八只！搞声乐的要能吃，这大概有点道理。）

君秋没有坐过科，是小时在家里请老师学的戏，从小就有一条好

227

嗓子，搭班就红（他是马连良发现的），因此不大注意"身上"。他对学生说，"你学我，学我的唱，别学我的'老斗身子'"。他也不大注意表演。但也不尽然。他的台步不考究，简直无所谓台步，在台上走而已，"大步量"。但是著旗装，穿花盆底，那几步走，真是雍容华贵，仪态万方。我还没有见过一个旦角穿花盆底有他走得那样好看的。我曾仔细看过他的《玉堂春》，发现他还是很会"做戏"的。慢板、二六、流水，每一句的表情都非常细腻，眼神、手势，很有分寸，很美，又很含蓄（一般旦角演玉堂春都嫌轻浮，有的简直把一个沦落风尘但不失天真的少女演成一个荡妇）。跪禀既久，站起来，腿脚麻木了，微蹲着，轻揉两膝，实在是楚楚动人。花盆的脚步，是经过苦练练出来的；《玉堂春》我想一定经过名师指点，一点一点"抠"出来的。功夫不负苦心人。君秋是有表演才能的，只是没有发挥出来。

君秋最初宗梅，又受过程砚秋亲传（程很喜欢他，曾主动给他说过戏，好像是《六月雪》，确否，待查）。后来形成了张派。张派是从梅派发展出来的，这大家都知道。张派腔里有程的东西，也许不大为人注意。

君秋的嗓子有一个很大的特点，非常富于弹性，高低收放，运用自如，特别善于运用"擞"。《秦香莲》的二六，低起，到"我叫一声杀了人的天"拔到旦角能唱的最高音，那样高，还能用"擞"，宛转回环，美听之至。他又极会换气，常在"眼"上偷换，不露痕迹，因此张派腔听起来缠绵不断，不见棱角。中国画讲究"真气内行"，君秋得之。

赵燕侠的发声部位靠前，有点近于评剧的发声。她的嗓音的特点是：清，干净、明亮，脆生。这样的嗓子可以久唱不败。她演的全本《玉堂春》《白蛇传》都是一人顶到底。唱多少句都不在乎。田汉同志为她的《白蛇传·合钵》一场加写了一大段和孩子哭别的唱词，李慕良设计的汉调二黄，她从从容容就唱完了。《沙家浜》"人一走，茶就凉"的拖腔，十四板，毫不吃力。

　　赵燕侠的吐字是一绝。她唱戏，可以不打字幕，每个字都很清楚，观众听得明明白白。她的观众多，和这点很有关系。田汉同志曾说：赵燕侠字是字，腔是腔，先把字报出来，再使腔，这有一定道理。都说京剧是"按字行腔"，实际情况并非如此。一句大腔，只有头几个音和字的调值是相合或接近的，后面的就不再有什么关系。如果后面的腔还是字音的延长，就会不成腔调。先报字，后行腔，自易清楚。当然"报"字还是唱出来的，不是念出来的。完全念出来的也有。我听谭富英说过，孙菊仙唱《奇冤报》"务农为本颇有家财"，"务农为本"就完全是用北京话念出来的。这毕竟很少。赵燕侠是先把字唱正了，再运腔，不使腔把字盖了。京剧的吐字还有件很麻烦的事，就是同时存在两个音系：湖广音和北京音。两个音系随时打架。除了言菊朋纯用湖广音，其余演员都是湖广音、北京音并用。余叔岩钻研了一辈子京剧音韵，他的字音其实是乱的。马连良说他的字音是"怎么好听怎么来"，我看只能如此。赵燕侠的字音基本上是北京音，所以易为观众接受（也有一些字是湖广音，如《白蛇传》的那段汉调。这段唱腔的设计者李慕良是湖南人，难免把他的乡音带进唱腔）。赵燕侠年轻时爱听曲艺，她大概从曲艺里吸收了不少东西，咬字是其一。——北方的曲艺咬字是最清楚的。赵燕侠的吐字清楚，是大家都知道的，但是其中奥秘，还有待研究。

赵燕侠的戏是她父亲"打"出来的，功底很扎实，腿功尤其好。《大英杰烈》扳起朝天蹬，三起三落。"文化大革命"期间，我和她关在一个牛棚内。我们的"棚"在一座小楼上，只能放下一张长桌，几把凳子，我们只能紧挨着围桌而坐。坐在里面的人要出去，外面的就得站起让路。我坐在赵燕侠里面，要出去，说了声"劳驾"，请她让一让，这位赵老板没有站起来，腾地一下把一条腿抬过了头顶："请！"前几年我遇到她，谈起这回事，问她："您现在还能把腿抬得那样高么？"她笑笑说："不行了！"我想再练练功，她许还行。

赵燕侠快六十了，还能唱，嗓子还那么好。

一九九〇年一月九日

听遛鸟人谈戏

近来我每天早晨绕着玉渊潭遛一圈。遛完了，常找一个地方坐下听人聊天。这可以增长知识，了解生活。还有些人不聊天。钓鱼的、练气功的，都不说话。游泳的闹闹嚷嚷，听不见他们嚷什么。读外语的学生，读日语的、英语的、俄语的，都不说话，专心致志把莎士比亚和屠格涅夫印进他们的大脑皮层里去。

比较爱聊天的是那些遛鸟的。他们聊的多是关于鸟的事，但常常联系到戏。遛鸟与听戏，性质上本相接近。他们之中不少是既爱养鸟，也爱听戏，或曾经也爱听戏的。遛鸟的起得早，遛鸟的地方常常也是演员喊嗓子的地方，故他们往往有当演员的朋友，知道不少梨园掌故。有的自己就能唱两口。有一个遛鸟的，大家都叫他"老包"，他其实不姓包，因为他把鸟笼一挂，自己就唱开了："包龙图打坐在开封府……"就这一句。唱完了，自己听着不好，摇摇头，接着再唱："包龙图打坐……"

因为常听他们聊，我多少知道一点关于鸟的常识。知道画眉的眉子齐不齐，身材胖瘦，头大头小，是不是"原毛"，有"口"没有，能叫什么玩意儿：伏天、喜鹊——大喜鹊、山喜鹊、苇咋子、猫、家雀打架、鸡下蛋……知道画眉的行市，哪只鸟值多少"张"。——"张"，是一张拾圆的钞票。他们的行话不说几十块钱，而说多少张。有一个七十八岁的老头，原先本是勤行，他的一只画眉，人称鸟王。有人问他出不出手，要多少钱，他说："二百。"遛鸟的都说："值！"

我有些奇怪了，忍不住问：

"一只鸟值多少钱，是不是公认的？你们都瞧得出来？"

几个人同时叫起来："那是！老头的值二百，那只生鸟值七块。梅兰芳唱戏卖两块四，戏校的学生现在卖三毛。老包，倒找我两块钱！那能错了？"

"全北京一共有多少画眉？能统计出来么？"

"横是不少！"

"'文化大革命'那阵没有了吧？"

"那会儿谁还养鸟哇！不过，这玩意禁不了。就跟那京剧里的老戏似的，'四人帮'压着不让唱，压得住吗？一开了禁，你瞧，呼啦，呼啦——全出来了。不管是谁，禁不了老戏，也就禁不了养鸟。我把话说在这儿：多会有画眉，多会他就得唱老戏！报上说京剧有什么危机，瞎掰的事！"

这位对画眉和京剧的前途都非常乐观。

一个六十多岁的退休银行职员说："养画眉的历史大概和京剧的历史差不多长，有四大徽班那会就有画眉。"

养鸟有什么好处呢？

他这个考证可不大对。画眉的历史可要比京剧长得多，宋徽宗就画过画眉。

"养鸟有什么好处呢？"我问。

"遛人！"七十八岁的老厨师说："没有个鸟，有时早上一醒，觉得还困，就懒得起了；有个鸟，多困也得起！"

"这是个乐儿！"一个还不到五十岁的扁平脸、双眼皮很深、络腮胡子的工人——他穿着厂里的工作服，说。

"是个乐儿！钓鱼的、游泳的，都是个乐儿！"说话的是退休银行职员。

"一个画眉，不就是叫么？怎么会有那么大的差别？"

一个戴白边眼镜的穿着没有领子的酱色衬衫的中等老头儿，他老给他的四只画眉洗澡：把鸟笼放在浅水里让画眉抖擞毛羽，说：

"叫跟叫不一样！跟唱戏一样，有的嗓子宽，有的窄，有的有膛音，有的干冲！不但要声音，还得要'样'，得有'做派'，有神气。您瞧我这只画眉，叫得多好！像谁？"像谁？"像马连良！"像马连良？！我细瞧一下，还真有点像！它周身干净利索，挺拔精神，叫的时候略偏一点身子，还微微摇动脑袋。

"潇洒！"

我只得承认：潇洒！

不过我立刻不免替京剧演员感到一点悲哀，原来在这些人的心目中，对一个演员的品鉴，就跟对一只画眉一样。

"一只画眉，能叫多少年？"

勤行老师傅说："十来年没问题！"

老包说："也就是七八年。就跟唱京剧一样，李万春现在也只能看一招一式，高盛麟也不似当年了。"

他说起有一年听《四郎探母》，甭说四郎、公主，佘太君是李多奎，那嗓子，冲！他慨叹说：

"那样的好角儿，现在没有了！现在的京剧没有人看，——看的人少，那是啊，没有那么多好角儿了嘛！你再有杨小楼，再有梅兰

京剧的新观众在哪里呢？

芳，再有金少山，试试！照样满！两块四？四块八也有人看！——我
就看！卖了画眉也看！"

他说出了京剧不景气的原因：老成凋谢，后继无人。这与一部分
戏曲理论家的意见不谋而合。

戴白边眼镜的中等老头儿不以为然："不行！王师傅的鸟值二百
（哦，原来老人姓王），可是你叫个外行来听听：听不出好来！就是

梅兰芳、杨小楼再活回来，你叫那边那几个念洋话的学生来听听，他也听不出好来。不懂！现而今这年轻人不懂的事太多。他们不懂京剧，那戏园子的座儿就能好了哇？"

好几个人附和："那是！那是！"

他们以为京剧的危机是不懂京剧的学生造成的。如果现在的学生都像老舍所写的赵子曰，或者都像老包，像这些懂京剧的遛鸟的人，京剧就得救了。这跟一些戏剧理论家的意见也很相似。

然而京剧的老观众，比如这些遛鸟的人，都已经老了，他们大部分已经退休。他们跟我闲聊中最常问的一句话是："退了没有？"那么，京剧的新观众在哪里呢？

哦，在那里：就是那些念屠格涅夫、念莎士比亚的学生。

也没准儿将来改造京剧的也是他们。

谁知道呢！

一九八二年

美学感情的需要

　　按说我写作的时间不是很短了，今年我六十二岁，开始写作才二十岁。我的写作断断续续，大学时写了点东西，新中国成立前几年写了一些小说，出过一本集子。新中国成立后做编辑工作，没写什么。"反右"前写了点散文，一九六二、一九六三年写了点小说，又搁下十几年。一九七九年至一九八一年写了二十来篇短篇小说，大部分反映的是解放以前的生活，是我十六七岁以前在生活中捕捉的印象。我十六岁离开老家，十九岁在昆明西南联大上大学。我为什么要写反映我十六岁前的生活的小说呢？我想，第一个原因，就是现在的气候很好。三中全会以后，思想解放深入人心，文艺呈现了蓬勃旺盛的景象，形势很好。形势好的标志，是创作题材和表现方法多样化，思想艺术都比较新鲜。一些青年同志在思想和艺术上追求探索的精神使我很感动，在这样的气候感召下，在一些同志的鼓励和督促下，我又开始写作。一个人的创作不能不受社会条件的影响和制约，不可能是孤立的现象。这是一。第二个原因，是我的世界观比较成熟了。一个人到了我这样的年龄，一般说世界观已经成熟了。我年轻时写的那些作品，思想是迷惘的。在西南联大时，我接受了各式各样的思想影响，读的书很乱，读了不少西方现代派作品。我在大学一二年级写的那些东西，很不好懂，它们都没有保留下来。比如那时我写的一首诗中有这样一句："所有的东边都是西边的东边。"这是什么东西呢？我和许多青年人一样，搞创作，是从写诗起步的。一开始总喜欢追求新奇的、抽象的、晦涩的意境，有点"朦胧"。我们的同学中有人称我为"写那种别人不懂，他自己也不懂的诗的人"。大学二年级以后，受了西班牙作家阿左林的影响，写了一些很轻淡的小品文。有一个时期很喜爱Ａ·纪德的作品，成天挟着一本纪德的书坐茶馆。那时萨特的书已经介绍进来了，我也读了一两本关于存在主义的书。虽然似懂不懂，但是思想上是受了影响的。离开学校后，不得不正视现实，对现实进行一些自己的思考。但是因为没有正确的思想做指导，我的世界观是混乱的。新中国成立前一二年，我的作品是寂寞和苦闷的产物，对生活的态度是：无可奈何。作品中流露出揶揄，嘲讽，甚至玩世不恭。新中国成立后三十多年来，接受了党的教育，接受了马列主义思想，新中国成立前思想中的那些乱七八糟的东西基本没有了。新中国成立后我的生活道路也给了我很深的教育，不平坦的生活道路对我个人来说也不是没有好处的。经过长久的学习和磨炼，我的人生观比较稳定，比较清楚了，因此对过去的生活看得比较真切了。人到晚年，往往喜欢回忆童年和青年时期的生活。但是，你用什么观点去观察和表现它呢？用比较明净的世界观，才能看出过去生活中的美和诗意。一个人的世界观不能永远混乱下去，短期可以，长期是不行的。听说萨特的存在主义在我们青年中相当有影响，当然可能跟我们年轻时所受的影响有所不同，有些地方使我感到陌生，有些地方似曾相识。我感到还是马克思主义好些，因为它能解决我们生活中所碰到的问题。

我写《受戒》的冲动是很偶然的，有天早晨，我忽然想起这篇作品中所表现的那段生活。这段生活当然不是我的生活。不少同志问我，你是不是当过和尚？我没有当过和尚。不过我曾在和尚庙里住过半年多。作品中那几个和尚的生活不是我造出来的。作品中姓赵的那一家，在实际生活中确实有那么一家。这家人给我的印象很深。当时我的年龄正是作品中小和尚的那个年龄。我感到作品中小英子那个农村女孩子情绪的发育是正常的、健康的，感情没有被扭曲。这种生活，这种生活样式，在当时是美好的，因此我想把它写出来。想起来了，我就写了。写之前，我跟个别同志谈过，他们感到很奇怪：你为什么要写这个作品？写它有什么意义？再说到哪里去发表呢？我说，我要写，写了自己玩；我要把它写得很健康，很美，很有诗意。这就叫美学感情的需要吧。创作应该有这种感情需要。

我写《大淖记事》也是这样的。大淖这个地方离那时我的家不远，我几乎天天去玩。我写的那些挑夫，不住在大淖，住在另一个地方，叫越塘。那些挑夫不是穿长衫念子曰的人，他们的是非标准、伦理道德观念跟我周围的人不一样，他们是更高尚的人，虽然他们比较粗野。越塘边住着一个姓戴的轿夫，得了象腿病（血丝虫病）。一个抬轿的得了这种病，就完了。他的老婆本是个头发蓬乱的普通女人，从来没有出头露面。丈夫得了这种病，她毅然出来当了"挑夫"，把

我觉得我作品的情绪是向上的、欢乐的，不是低沉的，跟解放前的作品不一样。生活是美好的，有着前途的，

头发梳得光光的，人变得很干净利落，也漂亮了。我觉得她很高贵。《大淖记事》最后巧云的形象，是从这个轿夫的老婆身上汲取的。小时候我听到过一个小锡匠的恋爱史。这个小锡匠曾被人打死过去，用尿碱救活了，这些都是真的。锡匠们挑着担子去游行，这也是我亲眼见到的。写了《受戒》以后，我忽然想起这件事，并且非要把它表现出来不可，一定要把这样一些具有特殊风貌的劳动者写出来，把他们

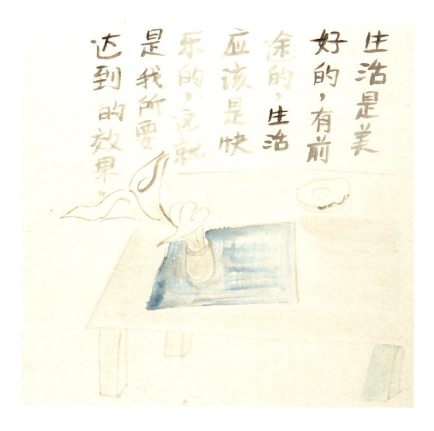

生活是美好的，有前途的，生活应该是快乐的，这就是我所要达到的效果。

的情绪、情操、生活态度写出来，写得更美、更富于诗意。没有地方发表，写出来自己玩，这就是美学感情的需要。接着就发生了第二个问题，这样的东西有什么作用？周总理在广州会议上说过，文学有四个功能：教育作用，认识作用，美感作用，娱乐作用。有人说，你的这些作品写得很美，美感作用是有的；认识作用也有，可以了解当时劳动人民的道德情操；娱乐作用也是有的，有点幽默感，用北京话说很"逗"，看完了，使人会心一笑；教育作用谈不上。对这种说法，我一半同意，一半不同意。说我的这些东西一点教育作用没有，我不大服气。完全没有教育作用只有美感作用的作品是很少的，除非是纯粹的唯美主义的作品。写作品应该想到对读者起什么样的心理上的作用。我要运用普通朴实的语言把生活写得很美，很健康，富于诗意，这同时也就是我要想达到的效果。虽然我的作品所反映的生活跟现实没有直接关系，跟"四化"没有直接关系。我想把生活中真实的东西、美好的东西、人的美、人的诗意告诉人们，使人们的心灵得到滋润，增强对生活的信心、信念。我的世界观的变化，其中也包含这个因素：欢乐。我觉得我作品的情绪是向上的、欢乐的，不是低沉的，跟新中国成立前的作品不一样。生活是美好的，有前途的，生活应该是快乐的，这就是我所要达到的效果。

我写旧社会少男少女健康、优美的爱情生活，这也是有感而发的。有什么感呢？我感到现在有些青年在爱情婚姻上有物质化、庸俗化的倾向，有的青年什么都要，就是不要纯洁的爱情。我并不是很有意识地要针对时弊写作品来发聋振聩，但确是有感而发的。以前，我写作品从不考虑社会效果，发表作品寄托个人小小的哀乐，得到二三师友的欣赏，也就满足了，这几年我感到效果问题是个很严肃的问题。原来以为我的作品的读者面很窄，现在听说并不完全这样，有些年轻人，包括一些青年工人和农村干部也在看我的作品，这对我是很新奇的事，我感到很惶恐。我的作品到底给了别人一点什么呢？对人家的心灵起什么作用呢？一个作品发表后，不是起积极作用，就是消极作用，不是提高人的精神境界，就是使人迷惘，颓丧，总会有这样

但我认为，只要忠于自己的美感需要，不去图解当前的某种口号，不是无动于衷，这个问题是可以避免的。

那样的作用。我感到写作不是闹着玩的事，就像列宁所指出的那样，作者就是这样写，读者就是那样读，用四川的话说，没有这么"撒脱"。我的作品反映的是新中国成立前的生活，对当前的现实有多大的影响，很难说，但我有个朴素的古典的中国式的想法，就是作品要有益于世道人心。过去有人说，文章千古事，得失寸心知。得失首先是社会的得失。作者写作时对自己的作品的效果不可能估计得十分准确，但你总应有个良好的写作愿望。有些作者不愿谈社会效果，我是要考虑这个问题的。一个作品写出来放着，是个人的事情；发表了，就是社会现象。作者要有"良心"，要对读者负责。当然也有这样的可能，作者对自己作品的思想内涵考虑得多了，会带来概念化、思想大于形象的问题。但我认为，只要你忠于自己的美感需要，不去图解当前的某种口号，不是无动于衷，这个问题是可以避免的。

一九八三年

我和《晚饭花集》

集名《晚饭花集》，是因为集中有一组以《晚饭花》为题目的小说。不是因为我对这一组小说特别喜欢，而是觉得其他各篇的题目用作集名都不太合适。我对自己写出的作品都还喜欢，无偏爱。读过我的作品的熟人，有人说他喜欢哪一两篇，不喜欢哪一两篇；另一个人的意见也许正好相反。他们问我自己的看法，我常常是笑而不答。

我对晚饭花这种花并不怎么欣赏。我没有从它身上发现过"香远益清"、"出淤泥而不染"之类的品德，也绝对到不了"不可一日无此君"的地步。这是一种很低贱的花，比牵牛花、凤仙花以及北京人叫作"死不了"的草花还要低贱。凤仙花、"死不了"，间或还有卖的。谁见过花市上卖过晚饭花？这种花公园里不种，画家不画，诗人不题咏。它的缺点一是无姿态，二是叶子太多，铺铺拉拉，重重叠叠，乱乱哄哄地一大堆，颜色又是浓绿的。就算是需要进行光合作用，取得养分，也用不着生出这样多的叶子呀，这真是一种毫无节制的浪费！三是花形还好玩，但也不算美，一个长柄的小喇叭。颜色以深胭脂红的为多，也有白和黄的。这种花很易串种。黄花、白花的瓣上往往有不规则的红色细条纹。花多，而细碎。这种花用"村"、

"俗"来形容，都不为过。最恰当的还是北京人爱用一个字：
"怯"。北京人称晚饭花为野茉莉，实在是抬举它了。它跟茉莉可以
说毫不相干。也一定不会是属于同一科，枝、叶、花形都不相似。把
它和茉莉拉扯在一起，可能是因为它有一点淡淡的清香，——然而也
不像茉莉的气味。只有一个"野"字它倒是当之无愧的。它是几乎不
用种的。随便丢几粒种子到土里，它就会赫然地长出了一大丛。结了

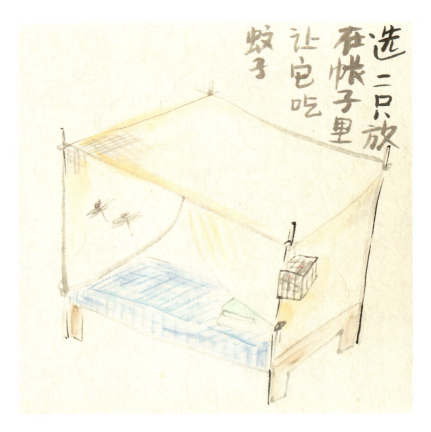

选二只放
在帐子里
让它吃
蚊子

籽，落进土中，第二年就会长了更大的几丛，只要有一点空地，全给你占得满满的，一点也不客气。它不怕旱，不怕涝，不用浇水，不用施肥，不得病，也没见它生过虫。这算是什么花呢？然而不是花又是什么呢？你总不能说它是庄稼，是蔬菜，是药材。虽然吴其濬说它的种子的黑皮里有一囊白粉，可食；叶可为蔬，如马兰头；俚医用其根治吐血，但我没有见到有人吃过，服用过。那就还算它是一种花吧。

247

我的小说和晚饭花无相似处，但其无足珍贵则同。

我对于晚饭花还有一点好感，是和我的童年的记忆有关系的。我家的荒废的后园的一个旧花台上长着一丛晚饭花。晚饭以后，我常常到废园里捉蜻蜓，一捉能捉几十只。选两只放在帐子里让它吃蚊子（我没见过蜻蜓吃蚊子，但我相信它是吃的），其余的装在一个大鸟笼里，第二天一早又把它们全放了。我在别的花木枝头捉，也在晚饭花上捉。因此我的眼睛里每天都有晚饭花。看到晚饭花，我就觉得一天的酷暑过去了，凉意暗暗地从草丛里生了出来，身上的痱子也不痒了，很舒服；有时也会想到又过了一天，小小年纪，也感到一点惆怅，很淡很淡的惆怅。而且觉得有点寂寞，白菊花茶一样的寂寞。

我的儿子曾问过我："《晚饭花》里的李小龙是你自己吧？"我说："是的。"我就像李小龙一样，喜欢随处流连，东张西望。我所写的人物都像王玉英一样，是我每天要看的一幅画。这些画幅吸引着我，使我对生活产生兴趣，使我的心柔软而充实。而当我所倾心的画中人遭到命运的不公平的簸弄时，我也像李小龙那样觉得很气愤。便是现在，我也还常常为一些与我无关的事而发出带孩子气的气愤。

我写短小说，一是中国本有用极简的笔墨摹写人事的传统，《世说新语》是突出的代表。其后不绝如缕。我爱读宋人的笔记甚于唐人传奇。《梦溪笔谈》《容斋随笔》记人事部分我都很喜欢。归有光的《寒花葬志》、龚定庵的《记王隐君》，我觉得都可当小说看。

这和作者的气质有关。倪云林一辈子只能画平远小景，他不能像范宽一样气势雄豪，也不能像王蒙一样烟云满纸。我也爱看金碧山水和工笔重彩人物，但我画不来。我的调色碟里没有颜色，只是墨，从渴墨焦墨到浅得像清水一样的淡墨。有一次以矮纸尺幅画初春野树，觉得需要一点绿，我就挤了一点菠菜汁在上面。我的小说也像我的画一样，逸笔草草，不求形似。又我的小说往往是应刊物的急索，短稿较易承命。书被催成墨未浓，殊难计其工拙。

在文风上，我是更有意识地写得平淡的。但我不能一味地平淡。一味平淡，就会流于枯瘦。枯瘦是衰老的迹象。我还不太服老。我愿意把平淡和奇崛结合起来。我的语言一般是流畅自然的，但时时会跳出一两个奇句、古句、拗句，甚至有点像是外国作家写出来的带洋味儿的句子。老夫聊发少年狂，诸君其能许我乎？另一点，我是更有意识地吸收民族传统的，在叙述方法上有时简直有点像旧小说，但是有时忽然来一点现代派的手法，意象、比喻，都是从外国移来的。这一点和前一点其实是一回事。奇，往往就有点洋。但是，我追求的是和谐。我希望融奇崛于平淡，纳外来于传统，能把它们揉在一起。奇和洋为了"醒脾"，但不能瞧着扎眼，"硌生"。

我已经六十三岁，不免有"晚了"之感，但思想好像还灵活，希望能抓紧时间，再写出一点。曾为友人画冬日菊花，题诗一首：

新沏清茶饭后烟，

自搔短发负晴暄。

枝头残菊开还好，

留得秋光过小年。

一九八三年九月一日

谈风格

一个人的风格是和他的气质有关的。布封说过："风格即人。"中国也有"文如其人"的说法。人和人是不一样的。取舍不同，静躁异趣。杜甫不能为李白的飘逸，李白也不能为杜甫的沉郁。苏东坡的词宜关西大汉执铁棹板唱"大江东去"，柳耆卿的词宜十三四女郎持红牙板唱"今宵酒醒何处，杨柳岸晓风残月"。中国的词可分为豪放与婉约两派。其他文体大体也可以这样划分。不知从什么时候起，因为什么，豪放派占了上风。茅盾同志曾经很感慨地说："现在很少人写婉约的文章了。""十年浩劫"，没有人提起风格这个词。我在"样板团"工作过。江青规定："要写'大江东去'，不要'小桥流水'！"我是个只会写"小桥流水"的人，也只好跟着唱了十年空空洞洞的豪言壮语。三中全会以后，我才又重新开始发表小说，我觉得我可以按照我自己的样子写小说了。三中全会以后，文艺形势空前大好的标志之一，是出现了很多不同风格的作品。这一点是"十七年"所不能比拟的。那时作品的风格比较单一。茅盾同志发出感慨，正是在这样的时候。一个人要使自己的作品有风格，要能认识自己、发现自己，并且，应该不客气地说，欣赏自己。"我与我周旋久，宁做我。"一个人很少愿意自己是另外一个人的。一个人不能说自己写得最好，老子天下第一。但是就这个题材，这样的写法，以我为最好，只有我能这样的写。我和我比，我第一！一个随人俯仰、毫无个性的人是不能成为一个作家的。

其次，要形成个人的风格，读和自己气质相近的书。也就是说，读自己喜欢的书，对自己口味的书。我不太主张一个作家有系统地读书。作家应该博学，一般的名著都应该看看。但是作家不是评论家，更不是文学史家。我们不能按照中外文学史循序渐进，一本一本地读那么多书，更不能按照文学史的定论客观地决定自己的爱恶。我主张抓到什么就读什么，读得下去就一连气读一阵，读不下去就抛在一边。屈原的代表作是《离骚》。我直到现在还是比较喜欢《九歌》。李、杜是大家，他们的诗我也读了一些，但是在大学的时候，我有一阵偏爱王维，后来又读了一阵温飞卿、李商隐。诗何必盛唐。我觉得龚自珍的态度很好："我论文章恕中晚，略发感慨是名家。"有一个人说得更为坦率："一种风情吾最爱，六朝人物晚唐诗。"有何不可。一个人的兴趣有时会随年龄、境遇发生变化。我在大学时很看不起元人小令，认为浅薄无聊。后来因为工作关系，读了一些，才发现其中的淋漓沉痛处。巴尔扎克很伟大，可是我就是不能用社会学的观点读他的《人间喜剧》。托尔斯泰的《战争与和平》，我是到近四十岁时，因为成了"右派"，才在劳动改造的过程中硬着头皮读完了的。孙犁同志说他喜欢屠格涅夫的长篇，不喜欢他的短篇；我则正好相反。我认为都可以。作家读书，允许有偏爱。作家所偏爱的作品往往会影响他的气质，成为他的个性的一部分。契诃夫说过：告诉我你读的是什么书，我就可知道你是一个怎样的人。作家读书，实际上是读另外一个自己所写的作品。法朗士在《生活文学》第一卷的序言里说过："为了真诚坦白，批评家应该说：'先生们，关于莎士比亚，关于拉辛，我所讲的就是我自己。'"作家更是这样。一个作家在谈论别的作家时，谈的常常是他自己。"六经注我"，中国的古人早就说过。

一个作家读很多书，但是真正影响到他的风格的，往往只有不多的作家，不多的作品。有人问我受哪些作家影响比较深，我想了想：古人里是归有光，中国现代作家是鲁迅、沈从文、废名，外国作家是契诃夫和阿左林。

我曾经在一次讲话中说到归有光善于以清淡的文笔写平常的人事。这个意思其实古人早就说过。黄梨洲《文案》卷三《张节母叶孺人墓志铭》云：

"予读震川文之为女妇者，一往情深，每以一二细事见之，使人欲涕。盖古今来事无巨细，唯此可歌可泣之精神，长留天壤。"

姚鼐《与陈硕士》尺牍云：

"归震川能于不要紧之题，说不要紧之语，却自风韵疏淡，此乃是于太史公深有会处，此境又非石士所易到耳。"

王锡爵《归公墓志铭》说归文"无意于感人，而欢愉惨恻之思，溢于言表"。连被归有光诋为"庸妄巨子"的王世贞在晚年也说他"不事雕饰而自有风味"（《归太仆赞序》）。这些话都说得非常中肯。归有光的名文有《先妣事略》《项脊轩志》《寒花葬志》等篇。我受到影响的也只是这几篇。归有光在思想上是正统派，我对他的那些谈学论道的大文实在不感兴趣。我曾想：一个思想迂腐的正统派，怎么能写出那样富于人情味的优美的抒情散文呢？这问题我一直还没有想明白。归有光自称他的文章止于欧阳修。读《泷冈阡表》，可以知道《先妣事略》这样的文章的渊源。但是归有光比欧阳修写得更平易，更自然。他真是做到"无意为文"，写得像谈家常话似的。他的结构"随事曲折"，若无结构。他的语言更接近口语，叙述语言与人物语言衔接处若无痕迹。他的《项脊轩志》的结尾：

庭有枇杷树，吾妻死之年所手植也，今已亭亭如盖矣！

平淡中包含几许惨恻，悠然不尽，是中国古文里的一个有名的结尾。使我更为惊奇的是前面的：

"吾妻归宁，述诸小妹语曰：'闻姊家有阁子，且何谓阁子也？'"话没有说完，就写到这里。想来归有光的夫人还要向小妹解释何谓阁子的，然而，不写了。写出了，有何意味？写了半句，而闺阁姊妹之间闲话神情遂如画出。这种照生活那样去写生活，是很值得我们今天写小说时参考的。我觉得归有光是和现代创作方法最能相通，最有现代味儿的一位中国古代作家。我认为他的观察生活和表现生活的方法很有点像契诃夫。我曾说归有光是中国的契诃夫，并非怪论。

中国现代作家的作品我读得比较熟的是鲁迅。我在下放劳动期间曾发愿将鲁迅的小说和散文像金圣叹批《水浒》那样，逐句逐段地加以批注。搞了两篇，因故未竟其事。中国五十年代以前的短篇小说作家不受鲁迅的影响的，几乎没有。近年来研究鲁迅的谈鲁迅的思想的较多，谈艺术技巧的少。现在有些年轻人已经读不懂鲁迅的书，不知鲁迅的作品好在哪里了。看来宣传艺术家鲁迅，还是我们的责任。这一课必须补上。

我是沈从文先生的学生。

契诃夫开创了短篇小说的新纪元。他在世界范围内使"小说观"发生了很大的变化，从重情节、编故事发展为写生活，按照生活的样子写生活。从戏剧化的结构发展为散文化的结构。于是才有了真正的短篇小说，现代的短篇小说。托尔斯泰最初很看不惯契诃夫的小说。他说契诃夫是一个很怪的作家，他好像把文字随便地丢来丢去，就成了一篇小说了。托尔斯泰的话说得非常好。随便地把文字丢来丢去，这正是现代小说的特点。

"阿左林是古怪的"（这是他自己的一篇小品的题目）。他是一个沉思的、回忆的、静观的作家。他特别擅长描写安静，描写在安静的回忆中的人物心理的潜微的变化。他的小说的戏剧性是觉察不出来的戏剧性。他的"意识流"是明澈的，覆盖着清凉的阴影，不是芜杂的、纷乱的。热情的恬淡，入世的隐逸。阿左林笔下的西班牙是一个古旧的西班牙，真正的西班牙。

以上，我老实交代了我曾经接受过的影响，未必准确。至于这些影响怎样形成了我的风格（假如说我有自己的风格），那是说不清楚的。人是复杂的，不能用化学的定性分析方法分析清楚。但是研究一个作家的风格，研究一下他所曾接受的影响是有好处的。如果你想学

菌子已经没有了，但是菌子的气味留在空气里。影响，是仍然存在的。

习一个作家的风格，最好不要直接学习他本人，还是学习他所师承的前辈。你要认老师，还得先见见太老师。一祖三宗，渊源有自。这样才不至流于照猫画虎，邯郸学步。

　　一个作家形成自己的风格大体要经过三个阶段：一、模仿；二、摆脱；三、自成一家。初学写作者，几乎无一例外，要经过模仿的阶段。我年轻时写作学沈先生，连他的文白杂糅的语言也学。我的《汪曾祺短篇小说选》第一篇《复仇》，就有模仿西方现代派的方法的痕迹。后来岁数大了一点，到了"而立之年"了吧，我就竭力想摆脱我所受的各种影响，尽量使自己的作品不同于别人。郭小川同志在"文化大革命"后期有一次碰到我，说："你说过的一句话，我到现在还记得。"我问他是什么话，他说："你说过：凡是别人那样写过的，我就决不再那样写！"我想，是说过。那还是很早以前的事了。我现在不说这个话了。我现在岁数大了，已经无意于使自己的作品像谁，也无意使自己的作品不像谁了。别人是怎样写的，我已经模糊了，我只知道自己这样的写法，只会这样写了。我觉得怎样写合适，就怎样写。我现在看作品，已经很少从形成自己的风格这样的角度去看了。对于曾经影响过我的作家的作品，近几年我也很少再看。然而：

菌子已经没有了，但是菌子的气味留在空气里。

影响，是仍然存在的。一个人也不能老是一个风格，只有一种风格。风格，往往是因为所写的题材不同而有差异的。或庄、或谐；或比较抒情，或尖刻冷峻。但是又看得出还是一个人的手笔。一方面，文备众体；另一方面又自成一家。

一九八四年二月二十一日

水母

在中国的北方，有一股好水的地方，往往会有一座水母宫，里面供着水母娘娘。这大概是因为北方干旱，人们对水有一种特殊的感情。为了表达这种感情，于是建了宫，并且创造出一个女性的水之神。水神之为女性，似乎是很自然的事，因为水是温柔的。虽然河伯也是水神，他是男的，但他惯会兴风作浪，时常跟人们捣乱，不是好神，可以另当别论。我在南方就很少看到过水母宫。南方多的是龙王庙。因为南方是水乡，不缺水，倒是常常要大水为灾，故多建龙王庙，让龙王来把水"治"住。

水母娘娘是一个很有特点的女神。

中国的女神的形象大都是一些贵妇人。神是人按照自己的样子创造出来的。女神该是什么样子呢？想象不出。于是从富贵人家的宅眷中取样，这原本也是很自然的事。这些女神大都是宫样盛装，衣裙华丽，体态丰盈，皮肤细嫩。若是少女或少妇，则往往在端丽之中稍带一点妖冶。《封神榜》里的女娲圣像，"容貌端丽，瑞彩翩翩，国色

天资，宛然如生：真是蕊宫仙子临凡，月殿嫦娥下世"，竟至使"纣王一见，神魂飘荡，陡起淫心"，可见是并不冷若冰霜。圣像如此，也就不能单怪纣王。作者在描绘时笔下就流露出几分遐想，用语不免轻薄，很不得体的。《水浒传》里的九天玄女也差不多："头绾九龙飞凤髻，身穿金缕绛绡衣。蓝田玉带曳长裙，白玉圭璋擎彩袖。脸如莲萼，天然眉目映云鬓；唇似樱桃，自在规模端雪体。犹如王母宴蟠桃，却似嫦娥居月殿。"虽然作者在最后找补了两句："正大仙容描不就，威严形象画难成"，也还是挽回不了妖艳的印象。——这二位长得都像嫦娥，真是不谋而合！倾慕中包藏着亵渎，这是中国的平民对于女神也即是对于大家宅眷的微妙的心理。有人见麻姑爪长，想到如果让她来搔搔背一定很舒服。这种非分的异想，是不难理解的。至于中年以上的女神，就不会引起膜拜者的隐隐约约的性冲动了。她们大都长得很富态，一脸的福相，低垂着眼皮，眼观鼻、鼻观心，毫无表情地端端正正地坐着，手里捧着"圭"，圭下有一块蓝色的绸帕垫着，绸帕耷拉下来，我想是不让人看见她的胖手。这已经完全是一位命妇甚至是皇娘了。太原晋祠正殿所供的那位晋之开国的国母，就是这样。泰山的碧霞元君，朝山进香的没有知识的乡下女人称之为"泰山老奶奶"，这称呼实在是非常之准确，因为她的模样就像一个呼奴使婢的很阔的老奶奶，只不过不知为什么成了神罢了。——总而言之，这些女神的"成分"都是很高的。"文化大革命"中，有一位农民出身当了造反派的头头的干部，带头打碎了很多神像，其中包括一些女神的像。他的理由非常简单明了："她们都是地主婆！"不能说他毫无道理。

水母娘娘异于这些女神。

水母宫一般都很小，比一般的土地祠略大一些。"宫"门也矮，身材高大一些的，要低了头才能进去。里面塑着水母娘娘的金身，大概只有二尺来高。这位娘娘的装束，完全是一个农村小媳妇：大襟的布袄，长裤，布鞋。她的神座不是什么"八宝九龙床"，却是一口水缸，上面扣着一个锅盖，她就盘了腿用北方妇女坐炕的姿势坐在锅盖上。她是半侧着身子坐的，不像一般的神坐北朝南面对"观众"。她高高地举起手臂，在梳头。这"造型"是很美的。这就是在华北农村到处可以看见的一个俊俊俏俏的小媳妇，完全不是什么"神"！

她为什么会成了神？华北很多村里都流传着这样的故事：

有一家，有一个小媳妇。这地方没水，没有河，也没有井。她每天要到很远的地方去担水。一天，来了一个骑马的过路人，进门要一点水喝。小媳妇给他舀了一瓢。过路人一口气就喝掉了。他还想喝，小媳妇就由他自己用瓢舀。不想这过路人咕咚咕咚把半缸水全喝了！小媳妇想：这人大概是太渴了。她今天没水做饭了，这咋办？心里着急，脸上可没露出来。过路人喝够了水，道了谢。他倒还挺通情理，说："你今天没水做饭了吧？""嗯哪！"——"你婆婆知道了，不骂你吗？"——"再说吧！"过路人说："你这人——心好！这么着吧：我送给你一根马鞭子，你把鞭子插在水缸里。要水了，就把鞭往上提提，缸里就有水了。要多少，提多高。要记住，不能把马鞭子提出缸口！记住，记住，千万记住！"说完了话，这人就不见了。这是个神仙！从此往后，小媳妇就不用走老远的路去担水了。要用水，把马鞭子提一提，就有了。这可真是"美扎"啦！

一天，小媳妇往娘家去了。她婆婆做饭，要用水。她也照着样儿把马鞭子往上提。不想提过了劲。把个马鞭子一下提出缸口了。这可了不得了，水缸里的水哗哗地往外涌，发大水了。不大会儿工夫，村子淹了！

小媳妇在娘家，早上起来，正梳着头，刚把头发打开，还没有挽上纂儿，听到有人报信，说她婆家村淹了，小媳妇一听：坏了！准是婆婆把马鞭子拔出缸外了！她迁忙往回奔。到家了，急中生计，抓起锅盖往缸口上一扣，自己腾地一下坐到锅盖上。嘿！水不涌了！

后来，人们就尊奉她为水母娘娘，照着她当时的样子，塑了金身：盘腿坐在扣在水缸上的锅盖上，水退了，她接着梳头。她高高举起手臂，是在绾纂儿哪！

这个小媳妇是值得被尊奉为神的。听到婆家发了大水，急忙就往回奔，何其勇也。抓起锅盖扣在缸口，自己腾地坐了上去，何其智也。水退之后，继续梳头绾纂儿，又何其从容不迫也。

水母的塑像，据我见到过的，有两种。一种是凤冠霞帔作命妇装束的，俨然是一位"娘娘"；一种是这种小媳妇模样的。我喜欢后一种。

这是农民自己的神，农民按照自己的模样塑造的神。这是农民心目中的女神：一个能干善良且俊俏的小媳妇。农民对这样的水母不缺乏崇敬，但是并不畏惧。农民对她可以平视，甚至可以谈谈家常。这是他们想出来的，他们要的神，——人。不是别人强加给他们头上的一种压力。

有一点是我不明白的。这小媳妇的功德应该是制服了一场洪水，但是她的"官"却往往在一股好水的源头，似乎她是这股水的赐予者，这到底是怎么回事呢？这个故事很美，但是这个很美的故事和她被尊奉为"水母"又有什么必然的关系呢？但是农民似乎不对这些问题深究。他们觉得故事就是这样的故事，她就是水母娘娘，无须讨论。看来我只好一直糊涂下去了。

中国的百姓——主要是农民，对若干神圣都有和统治者不尽相同的看法，并且往往编出一些对诸神不大恭敬的故事，这是很有意思的事。比如灶王爷，汉朝不知道为什么把"祀灶"搞得那样乌烟瘴气，汉武帝相信方士的鬼话，相信"祀灶可以致物"（致什么"物"呢？），而且"黄金可成，不死之药可至"。这纯粹是胡说八道。后来不知道怎么一来，灶王爷又和人的生死搭上了关系，成了"东厨司命定福灶君"。但是民间的说法殊不同。在北方的农民的传说里，灶王爷是有名有姓的，他姓张，名叫张三（你听听这名字！），而且这人是没出息的，他因为做了什么见不得人的事（什么事，我忘了）钻进灶火里，弄得一身一脸乌漆墨黑，这才成了灶王。可惜我记性不好，对这位张三灶王爷的全部事迹已经模糊了。异日有暇，当来研究研究张三兄。

或曰：研究这种题目有什么意义，这和四个现代化有何关系？有的！我们要了解我们这个民族。

　　　　　　　　　　　　　　　　　一九八四年六月二十三日

与戏曲结缘

有一位老朋友，三十多年不见，知道我在京剧院工作，很诧异，说："你本来是写小说的，而且是有点'洋'的，怎么会写起京剧来呢？"我来不及和他详细解释，只是说："这并不矛盾。"

我们家乡是个小县城，没有什么娱乐。除了过节，到亲戚家参加婚丧庆吊，便是看戏。小时候，只要听见哪里锣鼓响，总要钻进去看一会儿。

我看过戏的地方很多，给我留下较深的印象的，是两处。

一处是螺蛳坝。坝下有一片空场子。刨出一些深坑，植上粗大的杉篙，铺了木板，上面盖一个席顶，这便是戏台。坝前有几家人家，织芦席的，开茶炉的……门外都有相当宽绰的瓦棚。这些瓦棚里的地面用木板垫高了，摆上长凳，这便是"座"。——不就座的就都站在空地上仰着头看。有一年请来一个比较整齐的戏班子。戏台上点了好几盏雪亮的汽灯，灯光下只见那些簇新的行头，五颜六色，金光闪闪，煞是好看。除了《赵颜借寿》《八百八年》等开锣吉祥戏，正戏都唱了些什么，我已经模糊了。印象较真切的，是一出《小放牛》，一出《白水滩》。我喜欢《小放牛》的村姑的一身装束，唱词我也大部分能听懂。像"我用手一指，东指西指，南指北指，杨柳树上挂着一个大招牌……""杨柳树上挂着一个大招牌"，到现在我还认为写得很美。这是一幅画，提供了一个春风淡荡的恬静的意境。我常想，我自己的唱词要是能写得像这样，我就满足了。《白水滩》这出戏，我觉得别具一种诗意，有一种凄凉的美。十一郎的扮相很美。我写的《大淖记事》里的十一子，和十一郎是有着某种潜在的联系的。可以说，如果我小时候没有看过《白水滩》，就写不出后来的十一子。这个戏班里唱青面虎的花脸很能摔。他能接连摔好多个"踝子"。每摔一个，台下叫好。他就跳起来摘一个"红封"揣进怀里。——台上横拉了一根铁丝，铁丝上挂了好些包着红纸的"封子"，内装铜钱或银角子。凡演员得一个"好"，就可以跳起来摘一封。另外还有一出，是《九更天》。演《九更天》那天，开戏前即将钉板竖在台口，还要由一个演员把一只活鸡拽钉在板上，以示铁钉的锋利。那是很恐怖的。但我对这出戏兴趣不大，一个老头儿，光着上身，抱了一只钉板在台上滚来滚去，实在说不上美感。但是台下可"炸了窝"了！

　　另一处是泰山庙。泰山庙供着东岳大帝。这东岳大帝不是别人，是《封神榜》里的黄霓。东岳大帝坐北朝南，大殿前有一片很大的砖坪，迎面是一个戏台。戏台很高，台下可以走人。每逢东岳大帝的生日，——我记不清是几月了，泰山庙都要唱戏。约的班子大都是里下河的草台班子，没有名角，行头也很旧。旦角的水袖上常染着洋红水的点子——这是演《杀子报》时的"彩"溅上去的。这些戏班，没有什么准纲准词，常常由演员在台上随意瞎扯。许多戏里都无缘无故出来一个老头，一个老太太，念几句数板，而且总是那几句：

人老了，人老了，

人老先从哪块老？

人老先从头上老：

白头发多，黑头发少。

人老了，人老了，

人老先从哪块老？

人老先从牙齿老：

吃不动的多，吃得动的少。

他们的京白、韵白都带有很重的里下河口音。而且很多戏里都要跑鸡毛报：两个差人，背了公文卷宗，在台上没完没了地乱跑一气。里下河的草台班子受徽戏影响很大，他们常唱《扫松下书》。这是一出冷戏，一到张广才出来，台下观众就都到一边喝豆腐脑去了。他们又受了海派戏的影响，什么戏都可以来一段"五音联弹"——"催战马，来到沙场，尊声壮士把名扬……"他们每一"期"都要唱几场《杀子报》。唱《杀子报》的那天，看戏是要加钱的，因为戏里的闻（文？）太师要勾金脸。有人是专为看那张金脸才去的。演闻太师的花脸很高大，嗓音也响。他姓颜，观众就叫他颜大花脸。我有一天看见他在后台栏杆后面，勾着脸——那天他勾的是包公，向台下水锅的方向，大声喊叫："××！打洗脸水！"从他的洪亮的嗓音里，我感觉到草台班子演员的辛酸和满腹不平之气。我一生也忘记不了。

我的大伯父有一架保存得很好的留声机，——我们那里叫作

"洋戏", 还有一柜子同样保存得很好的唱片。他有时要拿出来听听, ——大都是阴天下雨的时候。我一听见留声机响了, 就悄悄地走进他的屋里, 聚精会神地坐着听。他的唱片里最使我感动的是程砚秋的《金锁记》和杨小楼的《林冲夜奔》。几声小镲, "啊哈! 数尽更筹, 听残银漏……"杨小楼的高亢脆亮的嗓子, 使我感到一种异样的悲凉。

我父亲是个多才多艺的人, 他会画画, 会刻图章, 还会弄乐器。他年轻时曾花了一笔钱到苏州买了好些乐器, 除了笙箫管笛、琵琶月琴, 连唢呐海笛都有, 还有一把拉梆子戏的胡琴。他后来别的乐器都不大玩了, 只是拉胡琴。他拉胡琴是"留学生"——跟着留声机唱片拉。他拉, 我就跟着学唱。我学会了《坐宫》《起解·玉堂春》《汾河湾》《霸王别姬》……我是唱青衣的, 年轻时嗓子很好。

大学二年级以后, 我的兴趣转向唱昆曲。在陶重华等先生的倡导下, 云南大学成立了一个曲社, 参加的都是云大和联大中文系的同学。我们于是"拍"开了曲子。教唱的主要是陶先生, 吹笛的是云大历史系的张中和先生。从《琵琶记·南浦》《拜月记·走雨》开蒙, 陆续学会了《游园·惊梦》《拾画·叫画》《哭像》《闻铃》《扫花》《三醉》《思凡》《折柳·阳关》《瑶台》《花报》……大都是生旦戏。偶尔也学两出老生花脸戏, 如《弹词》《山门》《夜奔》……在曲社的基础上, 还时常举行"同期"。参加"同期"的除同学外, 还有校内校外的老师、前辈。常与"同期"的, 有陶光 (重华)。他是唱"冠生"的,《哭像》《闻铃》均极佳,《三醉》曾受红豆馆主亲传, 唱来尤其慷慨淋漓; 植物分类学专家吴征镒, 他唱老生, 实大声洪, 能把《弹词》

独自吹笛，直至半夜。

的"九转"一气唱到底，还爱唱《疯僧扫秦》；张中和和他的夫人孙凤竹常唱《折柳·阳关》，极其细腻；生物系的教授崔芝兰，她似乎每次都唱《西楼记》；哲学系教授沈有鼎，常唱《拾画》，咬字讲究，有些过分；数学系教授许宝𫘧，我的《刺虎》就是他亲授的；我们的系主任罗莘田先生有时也来唱两段；此外，还有当时任航空公司经理的查阜西先生，他兴趣不在唱，而在研究乐律，常带了他自制的十二平均律的钢管笛子来为人伴奏；还有一位世事洞明、人情练达、童心犹在、风趣非常的老人许茹香，每"期"必到。许家是昆曲世家，他能戏极多，而且"能打各省乡谈"，苏州话、扬州话、绍兴话都说得很好。他唱的都是别人不唱的戏，如《花判》《下山》。他甚至能唱《绣襦记》的《教歌》。还有一位衣履整洁的先生，我忘记他的姓名了。他爱唱《山门》。他是个聋子，唱起来随时跑调，但是张中和先生的笛子居然能随着他一起"跑"！

参加了曲社，我除学了几出昆曲，还酷爱上吹笛，——我原来就会吹一点，我常在月白风清之夜，坐在联大"昆中北院"的一棵大槐树暴出地面的老树根上，独自吹笛，直至半夜。同学里有人说："这家伙是个疯子！"

抗战胜利后，联大分校北迁，大家各奔前程，曲社"同期"也就风流云散了。

一九四九年以后，我就很少唱戏，也很少吹笛子了。

一九八五年五月二十二日

（京）新登字 083 号

图书在版编目（CIP）数据

独酌/汪曾祺著. —北京：中国青年出版社,2014.8

ISBN 978-7-5153-2564-4

Ⅰ.①独⋯　Ⅱ.①汪⋯　Ⅲ.①散文集–中国–当代　Ⅳ.①I267

中国版本图书馆 CIP 数据核字(2014)第 161646 号

责任编辑：申永霞
内文插图：东　子
装帧设计：张　清

*

中国青年出版社 出版 发行

社址：北京东四十二条 21 号　邮政编码：100708

网址：www.cyp.com.cn

编辑部电话：(010)57350501　门市部电话：(010)57350370

鸿博昊天科技有限公司印刷　新华书店经销

*

889×1194　1/32　8.5 印张　150 千字

2014 年 8 月北京第 1 版　2016 年 11 月北京第 3 次印刷

印数：8001–11000 册　定价：46.00 元

本图书如有印装质量问题，请凭购书发票与质检部联系调换

联系电话：(010)57350337